# CHRONIQUES DE BILLANCOURT

## DU MÊME AUTEUR

*L'ACCOMPAGNATRICE*, 1985.
*LE LAQUAIS ET LA PUTAIN*, 1986.
*TCHAÏKOVSKI*, 1987.
*ASTACHEV A PARIS*, 1988.
*HISTOIRE DE LA BARONNE BOUDBERG*, 1988.
*LE ROSEAU RÉVOLTÉ*, 1988.
*LA RÉSURRECTION DE MOZART*, 1989.
*C'EST MOI QUI SOULIGNE*, 1989 ; coll. "Babel" n° 22, 1990.
*LE MAL NOIR*, 1989.
*BORODINE*, 1989.
*DE CAPE ET DE LARMES*, 1990.
*DISPARITION DE LA BIBLIOTHÈQUE TOURGUENIEV*, 1990 (hors commerce).
*L'AFFAIRE KRAVTCHENKO*, 1990.
*LES FRANCS-MAÇONS RUSSES DU XXe SIÈCLE*, 1990 (coédition Noir sur Blanc).
*A LA MÉMOIRE DE SCHLIEMANN*, 1991.
*ALEXANDRE BLOK ET SON TEMPS*, 1991.
*ROQUENVAL*, 1991.

Tous les ouvrages de Nina Berberova
sont publiés aux éditions Actes Sud.

Titre original :
*Biankurskie prazdeniki*


ISBN 2-86869-894-8

Illustration de couverture :
Nina Berberova, Capa di Sorrento, 1923

# BERBEROVA

# CHRONIQUES DE BILLANCOURT

RÉCITS TRADUITS DU RUSSE
par Alexandra Pletnioff-Boutin

ACTES SUD
HUBERT NYSSEN EDITEUR

# ARGENTINE

Bienveillantes dames et bienveillants messieurs, je vous prie de m'excuser ! Vous, surtout, mesdames, car dans le récit que je vais vous faire, tout ne sera pas toujours d'une haute élévation ni très agréable.

Ivan Pavlovitch vient de connaître une véritable mésaventure. Voici ce qu'il m'a confié au moment de partir : Gricha, mon ami, j'ai mordu la poussière, chez vous à Paris !

Je n'ai su que lui répondre, j'étais gêné et ressentais une certaine culpabilité. Lorsque le train s'est mis en marche, je me suis contenté d'agiter mon mouchoir, comme chez nous. Ivan Pavlovitch était arrivé de province, cela faisait quinze jours vendredi, après avoir confié son élevage de lapins à son associé, C. P. Birilev, un ancien marin. Durant toute une année, il n'avait cessé de m'écrire pour me dire qu'une femme d'origine russe lui était indispensable et qu'à tout prix, il désirait se marier.

“Gricha, mon ami, m'écrivait-il, toi qui es jeune, qui vis, si on peut dire, dans la capitale de tous les Arts ; toi qui, en raison de ton physique agréable, attires les femmes les plus charmantes, pourras-tu me comprendre ? Quant à moi, et ce n'est pas peu dire, je porte le poids de mes quarante-cinq années, mes cheveux se raréfient et de plus, loin de toute distraction, je suis plongé jusqu'au cou dans l'élevage des lapins. Notre intérieur est négligé, la maison est sale et inconfortable. Les vêtements de Constantin Birilev et les miens doivent être raccommodés, que c'en est honteux. La préparation du bortsch est plus compliquée pour nous deux que pour une femme… Gricha, trouve-moi une fiancée russe, une fiancée qui ne soit pas rebutée par notre tranquillité campagnarde, une bonne ménagère pas trop difficile quant à la beauté masculine. Rappelle-toi que Constantin Birilev est plus jeune que moi et plus mince. Mon cher Gricha, souviens-toi que je suis ton grand-oncle et que tu n'as personne d'autre que moi de ta famille."

Je recevais de telles lettres au moins une fois par mois et chaque fois je ressentais de forts pincements au cœur. Des scènes de la vie campagnarde me revenaient à l'esprit d'une façon lancinante. Que fallait-il faire ? Ivan Pavlovitch se fourvoyait dans de nombreux domaines en ce qui me concernait : je n'habitais pas dans un centre mondial mais près de ce dernier à Billancourt ; je me crevais à l'usine du matin au soir ; je ne connaissais pas beaucoup de jeunes filles et celles que je rencontrais aspiraient toutes à trouver des emplois distingués (comme par exemple celui de serveuse à *la Rose des Alpes*). Leur proposer de partir à trois heures de Paris pour préparer le bortsch, ne serait-ce que par amour, m'aurait couvert de honte. Quant à la réparation des vêtements, cela me gênait terriblement de le leur demander.

Il y a de cela trois mois, un de ces soirs pluvieux de mai, lorsqu'on se sent triste et solitaire et qu'on éprouve le besoin d'un regard amical, je me rendis chez Mme Klava, à l'hôtel *Caprice*, lui faire part de mes soucis.

Mme Klava jeta par décence une serviette sur son mannequin de couturière, me demanda une cigarette et réfléchit :

— Peut-être, dit-elle, en penchant sa tête mignonne, votre oncle se satisferait-il d'une femme de ménage ? C'est de loin plus facile à trouver. Je connais, par exemple, un homme qui cherche du travail. Je pourrais vous le recommander car tant qu'à employer quelqu'un, autant engager un homme.

Cette conversation peu concluante prit fin très rapidement. En la quittant, je baisai sa petite main.

Mais voilà qu'un jour, Mme Klava me rencontre dans notre petite épicerie, me prend par la manche et me demande de l'emmener au *Cabaret* pour un entretien urgent et secret.

La nouvelle que me confia Mme Klava fut fatale pour Ivan Pavlovitch : un groupe de travailleurs, accompagnés de leurs familles, en provenance d'Estonie, venait d'arriver à Paris grâce aux efforts de nos comités, pour être transféré soit dans le sud de la France ou encore au Canada. Ce groupe avait été temporairement installé dans des baraquements appartenant à la ville. Parmi les nouveaux arrivants, se trouvait un ami de Mme Klava, un certain Selindrine venu non seulement avec sa femme légitime et trois enfants, mais aussi avec sa sœur, une jeune fille de dix-neuf ans du nom d'Antonina Nikolaïevna Selindrina.

Le soir de ce même jour, j'écrivis à Ivan Pavlovitch en le sommant de venir. Je l'informai du nom et de l'âge de la jeune fille et lui indiquai la manière la plus rapide pour se rendre de la gare jusque chez moi. Lorsque, vendredi dernier, je suis rentré de l'usine, Ivan Pavlovitch était déjà assis près de la fenêtre à m'attendre dans ma petite chambre. Il m'a aussitôt déclaré qu'il avait vu la pointe de la tour Eiffel lorsqu'il avait traversé le pont. Au cours des deux années qu'avait duré notre amère séparation, il avait eu le temps de prendre meilleure mine, le teint hâlé et le corps plus musclé, tandis qu'une flamme vigoureuse brillait dans ses yeux. Il avait apporté, entre autres, quelques œufs et un merveilleux pâté de lapin emballés dans un torchon. Ce fut une excellente soirée.

Je me réveillai le lendemain matin, dans le lit que j'avais partagé avec Ivan Pavlovitch. Je dois avouer que je me mis alors à le regarder du point de vue d'Antonina Nikolaïevna Selindrina. Il faut reconnaître franchement qu'il me plut. Sa barbe était noire et d'une taille parfaite, un grand nez pas très droit mais d'une forme puissante trahissait une force de caractère empreinte d'une certaine douceur d'âme. Les dents d'Ivan Pavlovitch (sa bouche était entrouverte) étaient solides et jaunes, conférant une expression virile au visage endormi. En un mot, j'imaginai, d'une façon peut-être un peu légère, Ivan Pavlovitch, une fleur à la boutonnière, au bras d'Antonina Selindrina sur les marches de la mairie de Billancourt… La sirène de l'usine m'éjecta de ma chambre.

Décision fut prise de se rendre chez Antonina Nikolaïevna dimanche après-midi. Je ne vais pas m'attarder à décrire la soirée du samedi soir qui a précédé : Ivan Pavlovitch parlait peu, mangeait peu, par contre sa respiration était rapide et profonde, en particulier chez Boris Gavrilovitch, le coiffeur, où nous nous étions rendus après avoir mangé un morceau et où nous avons traîné jusqu'à neuf heures (c'est ce qui arrive toujours le samedi soir !). Mais toute la rue Nationale s'était mise à embaumer après notre passage. Nous étions comme deux fiancés mis sur leur trente et un !

Dimanche matin, Ivan Pavlovitch s'était rendu à la messe. A une heure et demie de l'après-midi, nous quittâmes la maison d'une humeur excellente, par une belle journée de juillet, pour nous rendre en ville. Une bonne demi-heure en tramway jusqu'aux baraquements où, depuis la semaine dernière, on avait installé les émigrants estoniens. C'est alors qu'Ivan Pavlovitch entreprit de me parler de ce qu'il avait sur le cœur depuis son arrivée.

— Gricha, me déclara-t-il, qu'en penses-tu, suis-je capable de faire le bonheur d'une femme ?

Sans hésiter, je lui répondis que oui.

— Gricha, poursuivit-il, dis-moi, comme tu le ferais devant Dieu, y aurait-il quelque chose de repoussant dans mon aspect extérieur ? Ou quelque chose de suspect dans ma vie ou encore quelque chose de ridicule dans ma conduite ?

Voyant qu'il était très inquiet et même angoissé à l'idée de la rencontre qui l'attendait, je me mis à le rassurer de tout mon cœur.

— Ivan Pavlovitch, lui dis-je le plus fermement possible, autant que je sache, vous êtes une personne extraordinaire et au cas où *mamselle* Selindrine vous plairait, alors, bien entendu, vous ne pourriez que la rendre heureuse en vous unissant à elle. Réfléchissez vous-même : vous êtes installé, vous êtes, en quelque sorte, un propriétaire foncier, vos affaires sont prospères. Vous épousez une jeune fille pauvre, une orpheline qui est de trop dans un foyer et que, vraisemblablement, son frère et sa belle-sœur exploitent, comme je suis, moi-même, exploité par *moussiou* Renault. Epousez-la, elle aura ainsi un protecteur dans la vie, elle sera la maîtresse de votre foyer. Que deviendrait-elle sans vous ? Suivre des émigrants russes venant d'Estonie prêts à accepter un dur labeur quelque part en Australie ou au Canada ? Vous serez peut-être le futur rempart de toute sa vie, si tant est qu'elle vous plaise.

— Me plaire ! s'écria Ivan Pavlovitch avec un petit rire amer. Toi, Gricha, tu es un homme heureux si tu ignores ce que c'est que de vivre seul sans femme, sans personne autour de toi pour gazouiller, quand la maison est vide et humide, et quand il n'y a personne à qui ouvrir son cœur.

Je me souvins de Mme Klava et me tus.

Nous descendîmes du tramway après un voyage sans histoires et nous nous dirigeâmes vers la porte d'Italie.

Ivan Pavlovitch ne marchait pas, il volait, je volais à sa suite. Son chapeau le coiffait on ne pouvait mieux ; un complet bleu marine, une cravate claire, une épingle de cravate agrémentée d'un scarabée, des souliers marron flambant neufs, tout était de première qualité. Et pourtant, malgré toute cette élégance, même de loin, on ne pouvait pas confondre Ivan Pavlovitch avec un quelconque dandy dénué de principes ni avec quelque figure de mode dépravée, non, sa taille et ses traits exprimaient une réflexion profonde, une concentration d'esprit sur un seul et même sujet. A l'entrée, on nous dirigea vers un long baraquement en bois. Nous entrâmes dans la cour.

Pourquoi insister ? Nous trouvâmes ici la misère, la pauvreté et l'ignorance de la langue française développées à l'extrême. Les cris des enfants résonnaient partout et ne parlons pas des odeurs ; il était évident que la vie dans ces baraquements n'avait rien à envier à celle des wagons à bestiaux à l'époque de la révolution, la saleté et la promiscuité étaient identiques. Les hommes étaient parqués séparément. Du côté des femmes, on faisait la lessive, on distribuait des fessées aux enfants qui braillaient... Bref, il y avait du spectacle.

La première personne que nous vîmes fut une jeune fille brune et élancée. Elle portait des bas noirs et était chaussée de bottines à lacets, un fichu noir lui couvrait les épaules. Nous lui demandâmes de nous trouver Antonina Nikolaïevna Selindrina.

— C'est moi, dit-elle en saluant.

"Oh ! pensai-je, je me suis gouré ! En voilà une agréable surprise !"

Ivan Pavlovitch souleva son chapeau.

— Permettez-moi de me présenter, dit-il d'un air quelque peu important, Koudrine, Ivan Pavlovitch. Et voici Gricha, mon ami et neveu.

Antonina Nikolaïevna salua encore une fois. Ses cheveux étaient séparés par une raie toute droite, ses sourcils semblables à des arcs s'étalaient sur son front et au-dessous ses yeux avaient une expression légèrement effrayée, pourtant son regard était doux. Elle ne sourit pas.

— Vous avez, sans doute, été prévenue de notre visite ? lui ai-je demandé en faisant allusion à Mme Klava. Aimeriez-vous venir avec nous dans le *café* le plus proche, on pourrait y boire un peu de thé ?

— Non, répondit-elle en secouant la tête. Je n'ai absolument pas le droit de sortir d'ici : les enfants sont souffrants, on peut avoir besoin de moi.

Nous sommes donc restés à parler tous les trois au milieu de cette misérable cour.

— J'ai entendu dire, Antonina Nikolaïevna, dit Ivan Pavlovitch avec un certain aplomb, que vous auriez l'intention de vous rendre avec votre famille au Canada. N'êtes-vous donc pas effrayée de faire un si long voyage ? Il est vrai qu'il y a maintenant des casse-cou qui traversent l'océan par avion en quarante-huit heures, tandis que les bateaux mettent huit jours pour s'y rendre, j'imagine.

Elle jeta un regard triste sur Ivan Pavlovitch.

— Non, je n'ai pas peur, répondit-elle. Si c'est huit jours, eh bien alors ce sera huit jours.

— N'avez-vous pas été triste de quitter votre patrie ?

— Non, cela m'était égal.

— Peut-être êtes-vous attirée par de lointaines contrées inconnues ?

— Comment dites-vous ?

— Je dis que les pays lointains peuvent aussi vous plaire. Lorsque vous étiez en Estonie, la terre n'avait pas cessé de tourner pour autant, dis-je.

— Oui, bien sûr.

— Seulement voilà, là-bas vous serez obligée de travailler au-dessus de vos forces. Nous savons ce que c'est que l'Amérique, le travail à la chaîne.

— Je n'ai pas peur de travailler.

— Bien évidemment, surtout si vous y partez avec la famille, du travail vous en aurez. Et la France vous plaît-elle ? Paris, par exemple ? (Au diable, Paris !) La province française ?

— Je n'ai pas vu Paris, dit-elle avec effort. Je n'ai pas eu le temps de visiter ses merveilles. Les enfants sont souffrants. Lorsque j'étais au collège...

Elle serra son châle sur sa poitrine et se tut.

— Antonina Nikolaïevna, dit soudain Ivan Pavlovitch. Quelqu'un vous a-t-il dit quelque chose à mon sujet ?

— Klavdia Sergueïevna m'a parlé, dit Antonina Nikolaïevna comme soulagée, elle m'a dit que vous cherchiez...

— Une aide, s'écria Ivan Pavlovitch tout joyeux. Vous savez, je possède une petite ferme, c'est-à-dire que chez nous, avec Constantin Birilcv, nous élevons des lapins, des animaux stupides, mais ils se reproduisent, ils se reproduisent... Vous savez, c'est difficile d'être tout seul, difficile d'en venir à bout, j'ai le cœur triste, je vous demande pardon. Le travail n'est pas dur chez nous et la nourriture est abondante. Nos revenus, nous les partagerons en trois.

"A la bonne vôtre", pensai-je en m'écartant d'eux.

Antonina Nikolaïevna gardait le silence, seuls ses sourcils s'étaient un peu rapprochés.

— J'ai quarante-cinq ans, poursuivit Ivan Pavlovitch avec déjà plus d'assurance. Cela fait deux ans que nous avons entrepris notre élevage, ça marche pas mal, vous pouvez vous renseigner. Demandez à Gricha. Et puis à quoi bon ? vous aurez encore le temps de me connaître, tandis que moi, je vous connais déjà : dès que je vous ai vue, je vous ai tout de suite reconnue. Je vous le demande, Antonina Nikolaïevna, épousez-moi.

Un honnête homme aurait peut-être hésité à la regarder à ce moment-là. Mais moi, je la regardai. Je voyais sa longue jupe noire au-dessus de ses souliers qui avaient encore un peu d'allure, ses épaules recouvertes d'un vieux fichu. Les manches de son petit tricot étaient trop courtes pour elle, ses mains étroites aux doigts fendillés et noircis en sortaient et allaient se cacher sous le fichu.

— Je vous remercie, chuchota-t-elle très doucement, si doucement que je pouvais à peine l'entendre. Je ne peux pas être votre femme.

Ivan Pavlovitch se figea comme cloué au sol.

— Comment cela ? Est-il possible que je vous répugne ? demanda-t-il effrayé.

Antonina Nikolaïevna fit un mouvement de la tête, des larmes perlaient sous ses cils recourbés.

— Il y a eu un malentendu, souffla-t-elle, je pensais que vous étiez venu m'engager comme femme de ménage.

Ivan Pavlovitch ne bougeait pas. Soudain, elle baissa la tête et fixa le sol pavé de pierres poussiéreuses.

— Je me sentirai offensé si vous ne vous expliquez pas, dit Ivan Pavlovitch avec hésitation. En honnête homme et en soldat, je vous demande... Gricha, mon ami, éloigne-toi un peu.

Elle pâlit, ses yeux s'affolèrent, elle serrait les lèvres.

— Je n'avais pas l'intention de vous vexer. Pardonnez-moi. On m'a fait boire, j'ai été trompée... j'en suis à mon troisième mois...

Une longue minute de silence passa.

— C'est un malentendu, répéta Antonina Nikolaïevna, et je vous demande de ne rien dire à Klavdia Sergueïevna. Personne n'est au courant sauf ma belle-sœur et mon frère. Je pensais que vous étiez venu m'engager comme femme de ménage.

Je ne voyais pas son visage car il me tournait le dos, mais ce qui m'étonna c'est qu'il restait toujours planté là. Par contre, le visage d'Antonina Nikolaïevna était traversé d'émotions tandis qu'elle tiraillait nerveusement son fichu.

Puis il tressaillit, revenant à lui.

— Ah bon ! prononça-t-il lentement. Un malentendu. Non, je ne cherche pas de femme de ménage. Je vous prie de m'excuser pour le dérangement.

Il tourna le dos et se dirigea vers la sortie, je le suivis. Une fois dans la rue, il se retourna et jeta un regard en arrière. Selindrina, immobile, nous regardait nous éloigner.

— On l'a soûlée, on l'a trompée, se répétait Ivan Pavlovitch. Et que faisait son frère pendant ce temps ? Elle n'est pas restée en Estonie, donc elle n'avait pas où aller. Quelle affaire, Gricha, n'est-ce pas ? Quelle honte !

Je n'osais pas le regarder.

— C'est entièrement ma faute, Ivan Pavlovitch. Ma légèreté a tout gâché. Je vous ai fait venir à Paris, je vous ai fait dépenser de l'argent et comme un idiot je vous ai amené hier chez le coiffeur. Elle ne va pas s'en tirer comme ça Mme Klava.

Ma colère dépassait, en cet instant, toutes les bornes.

— Tais-toi, Gricha, disait Ivan Pavlovitch, je lui ai donné ma parole de ne rien dire, et toi, je t'interdis. La honte est pour elle. Pense un peu ce qu'elle doit endurer de la part de sa belle-sœur !

Soudain Ivan Pavlovitch devint tout rouge.

J'étais hors de moi, je ne savais que faire pour me calmer. Je me sentais coupable vis-à-vis d'Ivan Pavlovitch, j'avais honte de le regarder droit dans les yeux. Dans le tramway, toutes les anciennes vexations de Klavka me revinrent à l'esprit. Antonina, elle aussi, me trottait dans la tête. Une fois à la maison, Ivan Pavlovitch s'assit près de la fenêtre avec seulement ses sous-vêtements sur le dos.

— Je vais rentrer demain, Gricha, dit-il. Je n'ai plus rien à faire ici. J'ai agi comme un imbécile, il est temps de rentrer. Mais qui donc a pu la déshonorer ainsi ? Peut-être un maître dans son lycée, ou plus simplement quelque canaille d'ouvrier avec un harmonica ?

Ces paroles me firent monter des larmes d'admiration aux yeux : "Si seulement il m'avait engueulé, s'il avait vidé son sac ! pensais-je. Si seulement il avait remis Antonina à sa place."

— Qu'elle aille au diable, Ivan Pavlovitch ! Quel intérêt avez-vous à penser à cette dévergondée ? Vous perdez votre temps.

Il se redressa en rougissant pour la seconde fois.

— Non, mais t'es pas fou ? Ce n'est pas une dévergondée. Toi, fiston, tu ne comprends rien aux femmes !

Je dînai sans aucun appétit ce soir-là. Je ne rentrai pas trop tard. Ivan Pavlovitch dormait déjà. Le matin, très tôt, nous nous fîmes nos adieux, mais quand je rentrai chez moi le soir, il était toujours là, assis sur ma chaise, il n'était parti nulle part.

— Pardonne-moi, Gricha, dit-il confus. Je partirai demain. Pour aujourd'hui, il te faudra encore me faire un peu de place.

C'est alors que je remarquai qu'une transformation inaccessible pour un homme aussi solide que lui s'était produite : il était en plein désarroi. Au cours du dîner il réclama de la vodka pour accompagner les boulettes à la cosaque. Il se leva plusieurs fois au cours de la nuit (il dormait au bord du lit) en parlant tout seul.

Mardi matin, nous nous fîmes, une fois de plus, nos adieux. Au moment de nous quitter, il me demanda :

— Dis-moi, Gricha, tu crois qu'elle pourrait avoir des ennuis avec les lois américaines à cause de son enfant ?

Je ne connais pas les lois américaines, et puis, à vrai dire, il n'attendait pas de réponse de ma part.

— Non, mais dis-moi plutôt : sa belle-sœur la tanne-t-elle du matin au soir ? Pour sûr qu'elle doit la tanner !

— C'est certain.

Et encore une fois il est resté. Que voulez-vous y faire ? Il est demeuré chez moi jusqu'à jeudi, lorsque soudain une carte postale de C. P. Birilev est arrivée. Ce dernier insistait pour qu'il revienne.

Lorsque je suis rentré chez moi jeudi soir (en chemin j'avais rencontré Klavka, mais j'ai fait comme si je ne l'avais pas reconnue, d'ailleurs, en quoi était-elle fautive, puisque selon le dire de l'autre, elle ne savait rien ?), j'ai vu qu'Ivan Pavlovitch avait revêtu son costume bleu marine et accroché son petit scarabée, je devinai alors qu'il avait enfin pris une décision. Son séjour en ville, dans ma chambre, et le manque d'exercice lui avaient fait perdre les bonnes couleurs d'un habitant de la campagne. Mais maintenant, ses yeux brillaient d'énergie, je me souvins alors de ses dents jaunes que j'avais une fois aperçues, signe d'une grande virilité.

— Gricha, emmène-moi, me dit-il tout simplement. Je ne trouverai pas mon chemin tout seul. Qu'elle accouche, j'adopterai l'enfant, il héritera de mes lapins. Je ne peux pas laisser ça comme ça. Tous ces derniers jours, je me suis tourmenté. Elle n'a qu'à déménager chez moi, qu'elle y vive, après on verra. Elle a des yeux magnifiques. Tu as vu comme ses épaules sont maigres ? Tu te souviens de sa petite robe ? Maintenant personne ne porte plus de robes pareilles, il me semble.

"Oui, je me souviens des yeux, des épaules, de la petite robe, pensais-je à ce moment-là. Tout de même, si je m'étais attendu à ça !"

Ivan Pavlovitch ne me laissa guère le temps de réfléchir. Il me pressa tellement que, sans me changer ni me laver, je me retrouvai cinq minutes plus tard en route vers Paris. Il marchait à mes côtés, plongé dans une heureuse méditation, tandis que moi... Dieu seul sait quelles étaient mes pensées à ce moment-là. Elles volaient vers moi comme des colombes, mon âme s'élevait vers le ciel. La nuit descendait doucement, une brume de chaleur s'étalait au-dessus des maisons. Ivan Pavlovitch et moi-même nous marchions jusqu'au bout du monde. Rempli d'étonnement et d'enthousiasme, je ne pouvais m'empêcher de le regarder sans cesse.

Ce fut dans le même état d'esprit que nous voyageâmes dans le tramway, la plupart du temps en silence, ce qui pouvait amener les autres voyageurs à se faire la réflexion suivante : chacun de nous deux voyage séparément et la différence dans nos vêtements était telle qu'on ne pouvait absolument pas nous lier l'un à l'autre. Cette idée eut le don de me réjouir.

Nous approchions des baraquements, les voici enfin. Il faisait nuit. Un camion passa transportant de la bière. Sur les palissades, les affiches, depuis notre visite, avaient été changées, un nouveau drame y figurait. Nous nous approchâmes des baraquements et entrâmes dans la cour. Le silence régnait. Les fenêtres et les portes étaient fermées. Ivan Pavlovitch fut pris de panique.

— Gricha, dit-il, allons dans le bistrot le plus proche demander ce qui s'est passé ici.

Nous nous rendîmes au bistrot. Ils sont partis, nous répondirent le mari et la femme bistrots. Il y a trois jours, tous ont été emmenés. Ils sont partis en Argentine sur les plantations.

(C'est-à-dire grâce aux bons soins de nos comités.)

Nous avons alors demandé : Peut-être qu'ils ne sont pas tous partis, pas tous sans exception ? Peut-être que parmi eux quelqu'un est resté pressentant qu'il ne trouverait pas le bonheur en Argentine ?

On nous répondit : Non, personne n'a rien pressenti, on n'a rien entendu à ce sujet.

— Gricha, mais qu'est-ce que c'est ? Qu'est-ce que cela veut dire ? s'écria Ivan Pavlovitch. Cette phrase-là, il me l'avait dite le lendemain, vendredi. La veille, le jeudi, il n'avait pas dit un mot, ni à moi ni aux bistrots : il était sorti dans la rue et avait regardé passer un autre camion qui transportait de la bière…

Est-ce bien en Argentine où tout le monde danse le tango ?

*1929*

# PHOTOGÉNIQUE

Guerassime Gavrilovitch, frère de l'illustre Boris Gavrilovitch, père de famille, fantassin et manœuvre, est assis sur un banc au milieu de la place et se tourne les pouces. Il n'a pas envie de rentrer chez lui. On y est à l'étroit et le dîner n'a pas été prévu pour une personne supplémentaire. On est également à l'étroit dans le petit restaurant, et surtout, cela coûte de l'argent. Alors, comme ça, il est assis, le frère de notre Boris Gavrilovitch, à bayer aux corneilles.

La nuit tombait doucement. Des couples se promenaient. Il ne faut pas s'imaginer qu'il s'agissait d'un jeune homme et d'une jeune fille. Des couples comme ça n'existaient pas chez nous en raison du manque de jeunes filles. Il y avait simplement des manœuvres qui se promenaient et toujours un grand avec un plus petit. Ils luttaient contre la chaleur avec ce qu'ils avaient sous la main, ils fumaient des cigarettes, faisaient un tour au *cabaret* et se souvenaient des jours passés et des combats qu'ils avaient soutenus ensemble. La plupart du temps, à vrai dire, ils se dépêchaient de rentrer dîner chez eux.

Guerassime Gavrilovitch, lui, est assis à se tourner les pouces. Une lampe s'allume dans l'épicerie. Des odeurs de cornichons salés, de viande en gelée et de poisson fumé s'en échappent. A l'angle de la rue, on vend du *kvas**, en face, un misérable photographe bat le pavé. En un mot, rien que de très habituel.

Soudain, Guerassime Gavrilovitch remarque un journal français du soir qui traîne sous le banc, le ramasse et puisqu'il fait encore suffisamment clair pour lire, passe outre aux événements de Chine, aux séances au Parlement et aux matchs de lawn-tennis, et s'arrête aux petites annonces. Il faut noter que, depuis sept ans qu'il vit en France, Guerassime Gavrilovitch est devenu un expert dans la lecture des différentes offres d'emploi, une lecture qu'il a fini par aimer. Il en lit souvent mais toujours sans résultat visible à l'œil nu.

Sans se presser, sans aucun signe d'anxiété, Guerassime Gavrilovitch pointe l'index sur la page du journal, en déchire un petit morceau qu'il fourre dans sa poche. Puis, comme si de rien n'était et même d'un air assez maussade, il entreprend de lire le compte rendu des débats à la Chambre jusqu'à ce que ses amis, ayant mal dîné, quittent les restaurants et que la nuit d'août commence.

Nombreux étaient les lieux où la silhouette de Guerassime Gavrilovitch s'était profilée : il avait travaillé sur un bateau grec, dans les mines en Belgique et à l'usine au Creusot. Pourquoi et comment s'était-il trouvé parmi nous, nous l'ignorions. A une époque, son digne frère avait voulu l'initier à son art, mais rien à faire : Guerassime Gavrilovitch n'avait aucun don pour la coiffure. Pendant ce temps-là, sa femme se crevait à élever ses enfants.

* Boisson fermentée typiquement russe. *(N.d.T.)*

— Comment se fait-il, monsieur la Paresse, lui disait-elle sévèrement, que tu n'arrives toujours pas à te caser quelque part ? Comment est-ce possible que Dieu ne t'ait gratifié d'aucun talent ? T'as tout de même pas l'intention de passer ta vie à rien faire ?

— J'ai été déraciné, répondait alors Guerassime Gavrilovitch. Ni votre espace, ni votre époque, ni votre climat ne me conviennent.

Quant à son frère Boris Gavrilovitch, un homme si énergique, il y allait de son discours favori : chaque être humain doit se connaître. "Toi, disait-il, tu dois trouver ce qui te convient le mieux, les Grecs de l'Antiquité y avaient déjà pensé : «Connais toi toi-même.» Tu dois trouver quels sont tes dons : travailler dans une mine ou être coiffeur. A notre époque, on est fichu si on n'a pas de spécialité. On les connaît, ceux à qui tout est permis !"

Le lendemain matin, la petite annonce en poche, Guerassime Gavrilovitch sortit tôt de chez lui pour se diriger vers les bureaux d'une société anonyme cinématographique. Il était un peu perplexe au sujet de l'anonymat de cette société, mais il avait décidé de ne pas trop s'en faire à ce sujet.

Les bureaux étaient situés dans un vaste hangar. Une activité bruyante, fébrile, scandée par des ordres hurlés sans aucune retenue, régnait derrière une cloison en planches. Silencieuse, une foule de figurants, tel un docile troupeau de moutons, se pressait devant la table où trônait un personnage peu amène. Tous espéraient être engagés pour le film en cours de tournage, soit individuellement, soit en groupe.

Des demoiselles à la mode, couvertes de bijoux de pacotille, aux sourcils réduits à un fil (parmi elles, il y en avait une qui avait conservé ses sourcils à l'état naturel mais elle postulait un rôle comique) et aux lèvres peintes qu'elles ravivaient de temps à autre à l'aide d'un bâton de rouge parfumé, côtoyaient des figurants déjà costumés. Deux bandits et un général n'avaient pas hésité à revêtir leurs déguisements élimés à force d'avoir servi. Quelques représentants d'une jeunesse dorée avaient rejoint la file. Trompant leur impatience, ils ne se gênaient pas pour faire de l'œil aux demoiselles. L'homme chargé de l'embauche s'adressait à ce troupeau humain avec une arrogante familiarité. Il lui suffisait de relever la tête quelques secondes pour se rendre compte si on était apte ou non.

Enfin, ce fut au tour de Guerassime Gavrilovitch d'approcher de la table.

— Possédez-vous un smoking ? Jouez-vous au football ? Dansez-vous le menuet ?

Abasourdi, Guerassime Gavrilovitch ne sut que répondre. Il résolut de faire demi-tour mais à peine avait-il fait quelques pas que l'homme hurlait déjà :

— Arrêtez ! Vous pourrez nous être utile. Il faut que le régisseur vous voie !

Seigneur Dieu ! Il fallait voir l'envie qui se peignit alors sur les visages aux sourcils épilés des demoiselles qui furent aussitôt congédiées de même que les représentants de la jeunesse dorée. Seul l'un des deux bandits fut conservé. C'est en compagnie de ce dernier que Guerassime Gavrilovitch passa une heure et demie à attendre qu'une importante décision fût prise à son sujet.

*Moussiou* (un nom de rivière), en simple maillot de corps, couvert de sueur, malingre quoique bel homme, arriva en courant (il fumait deux cigarettes à la fois pour que ce soit plus corsé). Il avait un mètre pliant à la main. Sans même remarquer Guerassime Gavrilovitch, il se précipita, toutes affaires cessantes, sur une pomme qu'il avait extraite d'un des tiroirs de la table et il se mit à la croquer aussitôt. Après s'être jeté dans un fauteuil qui produisit un nuage de poussière, il ordonna à Guerassime Gavrilovitch et au bandit de faire quelques pas devant lui comme s'ils traversaient un pont tout en admirant le fleuve. Sans faire allusion, le moins du monde, au smoking et au menuet, il les conduisit tous deux derrière la cloison en planches.

Une ville espagnole aux dimensions imposantes s'élevait jusqu'au toit d'un immense hangar. Quelques cavaliers espagnols se réconfortaient en ingurgitant des sandwichs et en bâillant. Un petit enfant maquillé lui aussi en Espagnol se pressait contre sa mère qui, elle, n'avait rien d'espagnol. Deux échelles s'élevaient jusqu'au toit où, jambes écartées, quelqu'un se balançait. Probablement l'éclairagiste ou peut-être un acrobate. Deux peintres en bâtiment, l'un grand, l'autre petit, faisaient les cent pas. On n'avait pas le droit de fumer.

— Guerassime Gavrilovitch, c'est bien vous ? s'écria l'un des deux peintres. Cher ami, nous nous sommes rencontrés sur le bateau. Je vous ai vu au Creusot… Konotechenko, vous vous souvenez ?

Guerassime Gavrilovitch lui donna l'accolade.

— Vous cherchez du travail ? Peintre ? Menuisier ?

Guerassime Gavrilovitch fut pris de confusion.

— Non, acteur. J'ai répondu à une annonce. J'attends la direction qui doit prendre une importante décision à mon sujet.

— On va sans doute vous faire faire un essai pour savoir si vous êtes photogénique ou non. Vous en avez de la chance, Guerassime Gavrilovitch, il y en a qui passent des semaines à se traîner ici jusqu'à ce qu'on les engage pour faire tapisserie à vingt-deux francs par jour, tandis qu'à vous, on va vous donner un petit rôle à ce que je vois. Ainsi vous aurez enfin une spécialité. C'est tout de même vrai que vous avez un physique drôlement épatant. Pourquoi n'y avez-vous pas pensé plus tôt ?

Ici, il est indispensable de préciser que le physique de Guerassime Gavrilovitch n'était absolument pas celui de Boris Gavrilovitch. Comme chacun sait, Boris Gavrilovitch n'est pas grand alors que Guerassime Gavrilovitch est élancé. De plus, Boris Gavrilovitch s'enduit professionnellement les cheveux de pommade tandis que chez Guerassime Gavrilovitch les cheveux tombent en mèches sur les oreilles, et puis leurs nez sont différents. Chez le premier, on dirait qu'il a été sculpté dans une croûte de pain, par contre chez le second, on le croirait fait de mie de pain fraîche.

Guerassime Gavrilovitch prit place sur un banc et se mit à réfléchir aux paroles de Konotechenko. Serait-il possible que la vie l'ait enfin amené à acquérir un véritable métier ? Aurait-il enfin atteint la connaissance de lui-même comme l'avaient préconisé les Grecs de l'Antiquité ? Serait-il vrai que l'époque, le lieu et le climat lui fussent soudain devenus supportables ?

Une autre heure et demie passa à attendre assis côte à côte avec le bandit. Les cavaliers espagnols étaient partis faire un billard et l'enfant avait été emmené. Ce qui se passait derrière la cloison demeurait toujours un mystère. L'ennui avait déjà envahi Guerassime Gavrilovitch lorsque soudain l'ordre de se lever leur fut donné. Le maquillage qui fut appliqué sur le visage de Guerassime Gavrilovitch lui soulevait le cœur. On lui redessina les sourcils qui furent croisés au-dessus de son nez.

— Allez vers les caméras ! lui ordonna-t-on. On va procéder à un premier essai.

— Ne regardez pas la caméra ! lui hurla-t-on encore. Ne regardez pas les projecteurs ! lui cria-t-on à nouveau.

"Fichtre, mais où dois-je regarder ? Dans le projecteur, c'est à en devenir aveugle ! Dans la caméra ? Je risque de ne plus être photogénique !" pensait Guerassime Gavrilovitch.

— Fixez le socle, choisissez n'importe quel clou et vrillez-le !

"Choisir, on peut toujours choisir, mais si au bout du compte on m'emmenait d'ici avec le socle ?"

Moteur ! Les petites roues se mirent à tourner, les projecteurs à siffler, l'éclairagiste se démenait. Le metteur en scène au maillot de corps ne cessait de crier :

— Par là, par ici, comme ça, encore, en face, allons-y !

Et dire que Konotechenko s'était évaporé !

Par mesure d'économie, le bandit participait aux mêmes prises de vues, attentif aux ordres, il tordait son visage dans tous les sens.

La réponse devait leur être donnée trois jours plus tard. Encore tout maquillé car personne n'avait plus le temps de s'occuper de lui, Guerassime Gavrilovitch rentra chez lui à trois heures de l'après-midi. Personne dans les rues, l'usine tournait à plein régime, le cabaret était vide. Dans le salon de coiffure de Boris Gavrilovitch, une dame se faisait faire une permanente.

Guerassime Gavrilovitch ne cessait de rêver à la chance qu'il aurait si on le déclarait soudain photogénique. Toute sa vie en serait alors transformée. Il aurait suffisamment d'argent. Il tournerait des films. Il distribuerait sa photo aux amis. Sa femme aurait enfin de quoi se réjouir dans l'existence. Viendrait le jour où il s'offrirait un bon repas ou une nouvelle paire de pantalons. Tout le monde n'avait pas la chance d'être photogénique. Tenez, prenez, par exemple, Konotechenko, un homme ordinaire comme on en rencontre tous les jours, eh bien, même lui n'a pas la chance d'être acteur. Si une chance aussi incroyable lui tombait dessus c'était uniquement parce que tel était son destin. Un destin pour le moment bien difficile que celui d'un ex-fantassin devenu manœuvre. Il avait décidé de ne pas retourner à l'usine. Cela lui paraissait incongru qu'un acteur puisse y travailler. Il ne rentra chez lui qu'à la nuit tombée. Devant sa maison, deux Chinois s'aspergeaient d'eau, un gramophone beuglait une danse à la mode chez de riches locataires, et ses propres enfants faisaient du tapage dans la cage de l'escalier.

Guerassime Gavrilovitch se débarbouilla en salissant la serviette de toilette pendant que sa femme était tristement accoudée à la table de la cuisine.

— Je voudrais te parler sérieusement ! lui dit-elle presque tendrement. Pourrais-tu m'accorder une petite demi-heure si tu es encore capable de réfléchir avec un peu de logique ?

Guerassime Gavrilovitch lui sourit d'un air entendu en lui demandant de patienter encore trois jours, puis il ressortit. C'était justement l'heure où on allumait la lampe chez l'épicier, l'heure où l'odeur appétissante des boulettes de viande se répandait par les portes ouvertes des petits bouis-bouis du quartier, l'heure enfin où le remuant Boris Gavrilovitch fermait portes et volets de son salon de coiffure. A vrai dire, il ne s'arrêtait pas de travailler pour autant car par la porte arrière de son magasin, il continuait à recevoir certains de ses clients. Des bouffées de lotion parfumée filtraient subrepticement par les interstices des volets, un rai de lumière rose était encore visible sous sa porte cadenassée et si, en plus, on collait son oreille tout contre le volet, on pouvait entendre le léger cliquetis des longs ciseaux. Ce cliquetis avait le don d'étreindre le cœur de Guerassime Gavrilovitch tout comme l'aurait fait le son d'un instrument à vent.

Trois jours s'étaient écoulés pendant lesquels Guerassime Gavrilovitch était resté allongé sur son lit ou avait erré dans les rues. Il leur avait fallu emprunter de l'argent. Sa femme avait cessé de pleurer. Leurs trois petits enfants s'apprêtaient à aller en classe. Le moment était venu pour eux de devenir alphabétisés.

Le jour où il devait se représenter à la société anonyme arriva enfin. Rien n'avait changé sous le hangar sauf que l'air y était plus rare. Le bandit était arrivé avant lui et était déjà assis à attendre que l'on statue sur son sort. Guerassime Gavrilovitch prit place à côté de lui sur le banc. Ils étaient entourés d'étranges appareils auxquels il ne comprenait rien, des gens allaient et venaient l'air soucieux, il ne les comprenait pas non plus. Quant aux projecteurs, leur lumière lui sembla moins violente que la première fois. Konotechenko n'était visible nulle part. Guerassime Gavrilovitch se prit à réfléchir à son avenir immédiat. Quels allaient être les rôles qu'on allait lui faire jouer ? Devrait-il interpréter des personnages peu recommandables ? Allait-on lui faire des remarques, le réprimander grossièrement ? Ou alors gâcherait-il par inadvertance la pellicule à cause de son physique et serait-il alors traîné devant les tribunaux et condamné à payer les dommages ?

Il se sentait tout déprimé dans l'attente de l'échéance. Près de lui, le bandit serrait les poings et se mordait les lèvres. Il ne tenait pas en place. Quant à Guerassime Gavrilovitch, il ne savait où se mettre et avait une certaine envie de dormir.

Enfin le régisseur fit son apparition.

— Vous, dit-il au brigand, vous pouvez vous en aller, on n'a plus besoin de vous. Quant à vous, Guerassime Gavrilovitch, vous êtes décidément photogénique, il n'y a pas de doute.

Les yeux injectés de sang, le bandit prit le large, laissant Guerassime Gavrilovitch planté au beau milieu du hangar. Quelqu'un s'approcha de lui pour l'inspecter. L'homme au maillot de corps apparut à son tour.

— Venez, dit-il, on va vous maquiller, les prises de vues commencent dans une demi-heure. On vous montrera ce qu'il faut faire.

On entreprit de maquiller Guerassime Gavrilovitch. Ses sourcils furent à nouveau entrecroisés bien que la maquilleuse eût un mal fou à faire tenir les traits de crayon noir sur sa peau. Konotechenko qui passait par là observait, intimidé, la transformation.

— Vous avez décroché le cocotier, lui chuchota-t-il. Appliquez-vous, Guerassime Gavrilovitch. Après, on vous enverra en Espagne et là, on vous donnera cent francs par jour tous frais payés. Hier, j'ai entendu qu'on discutait de votre extraordinaire physique à la direction.

Accoutré de guenilles, Guerassime Gavrilovitch fut conduit sur le plateau. Il se sentait tout gauche. C'était bien la peine de lui avoir parlé du smoking !

Et voilà qu'une petite Espagnole se présente. Elle laisse tomber son porte-monnaie, une espèce de petite bourse toute tricotée de perles. Dieu sait ce qu'elle pouvait contenir. Guerassime Gavrilovitch restait planté là, immobile, incapable de faire un geste. Pourtant son rôle consistait à ramasser la petite bourse et à la cacher dans ses vêtements, puis à disparaître en catimini comme si de rien n'était.

— Ramassez-la ! lui hurla-t-on. Puisque vous êtes si photogénique ! Vous n'avez pas grand-chose à faire, l'important est d'être photogénique (ou quelque chose de ce genre).

Intimidé, Guerassime Gavrilovitch fixait le porte-monnaie sans bouger. Le doute l'avait pris à l'idée qu'il fallait s'exécuter devant tout ce monde : piquer un porte-monnaie qui ne lui appartenait pas. Une grande confusion l'envahit.

Le maillot de corps lui répéta :

— Votre rôle aujourd'hui consiste à ramasser un porte-monnaie qui n'est pas à vous. Vous devez le dissimuler dans votre poitrine. L'expression de votre visage convient parfaitement à ce geste.

L'Espagnole se mit à rire, tout le monde l'imita mais certains commençaient déjà à se fâcher.

Enfin Guerassime Gavrilovitch se décida. Il ramassa le porte-monnaie et le remit au maillot de corps. Soudain, il aperçut Konotechenko qui se tenait sur le côté, il vit que Konotechenko était gêné pour lui.

— Vous avez décroché le cocotier, vous dis-je !

On lui expliqua ce qu'il y avait à faire pour la troisième fois. On mesura à nouveau la distance des pas.

La petite Espagnole recommença en laissant tomber son porte-monnaie. Guerassime Gavrilovitch le ramassa, puis se précipita à sa suite en essayant de lui fourrer la petite bourse dans la main.

Guerassime Gavrilovitch ne pourra jamais être acteur !

— Démaquillez-le ! Qu'il aille au diable tout photogénique qu'il est !

La petite Espagnole le regardait avec commisération.

— On pourrait peut-être lui faire jouer le rôle d'un grand d'Espagne ? Il me plaisait bien pourtant !

On en était loin du grand d'Espagne ! Guerassime Gavrilovitch se rendit au vestiaire pour retirer son accoutrement espagnol et essuyer la suie qui lui recouvrait les sourcils. Il aurait bien aimé revoir Konotechenko avant de s'en aller mais ce dernier avait disparu.

Personne ne le regarda partir, personne ne le suivit des yeux. Il rentra paisiblement chez lui n'ayant pas réussi à accorder ses pas avec son siècle. En chemin, il acheta à nouveau un journal français pour se mettre à consulter les petites annonces.

Je l'ai rencontré ce jour-là, à la nuit tombante :

— Alors ? Comment ça va, Guerassime Gavrilovitch ? Où en sont vos relations personnelles avec *moussiou* Renault ?

— Elles sont rompues.

— Et la santé ? En général et en particulier, ça va ?

— Depuis trois jours les yeux me font mal. La lumière du jour me brûle.

— Comment cela ?

C'est alors qu'il me raconta son histoire.

— Incroyable ! s'étonna Gricha. A-t-on jamais entendu quelque chose de pareil ? A moins que tu ne l'aies lu tout simplement dans les journaux ?

Je réfléchis une minute, puis je lui dis :

— Je n'ai rien entendu raconter, ni lu quoi que ce soit dans les journaux. Aujourd'hui, on parle surtout des ambitieux qui gagnent leur vie. Quant à vous, Gricha, je crains que personne ne soit intéressé de lire quoi que ce soit à votre sujet.

A ce moment-là, je ne ressentais aucune pitié. La pitié, nous l'avions depuis longtemps abandonnée avec nos possessions à Sébastopol !

*1929*

# UNE HISTOIRE DE MUSIQUE

Ivan Ivanovitch Kondourine était rentré chez lui à l'heure habituelle. A huit heures moins le quart, si vous voulez tout savoir. Alexandra Pavlovna, sa femme, était en train de préparer le dîner : deux assiettes, deux fourchettes, deux couteaux, une salière et du pain étaient posés sur la table. Ivan Ivanovitch s'assit tout pensif.

— Que fais-tu ? lui cria sa femme de la cuisine. Le silence provoquait toujours de l'inquiétude chez elle.

Ivan Ivanovitch contemplait ses mains. Il fut un temps où il était musicien. Dans sa jeunesse, il avait d'abord joué du piano dans les bals (les valses de Sivatchov sous le régime tsariste), par la suite, il était devenu accompagnateur. Lorsque, en 1917, toute musique de danse avait été supprimée en Russie au profit de la musique militaire, il avait continué à faire l'accompagnateur çà et là. Aujourd'hui, il travaillait comme comptable chez un marchand de meubles.

Kondourine et sa femme étaient des gens qui sortaient de l'ordinaire. On n'en voyait pas souvent comme eux à Billancourt. Ils avaient eu en Russie des expériences de qualité, disons des expériences que l'on pouvait qualifier d'idéales. Ivan Ivanovitch avait suivi une année de conservatoire et il lui était arrivé non pas une, ni deux, ni même trois fois d'accompagner au piano des chanteurs sur scène tandis qu'Alexandra Pavlovna avait presque réussi à percer dans un tout autre domaine. Elle avait eu un jour l'idée d'écrire un petit récit poignant, traitant des méandres de l'âme féminine. Elle avait même eu l'audace d'envoyer son manuscrit, qu'elle avait intitulé *Mitka*, à la rédaction d'un journal de la capitale. C'était la dernière fois qu'elle l'avait eu en main car il n'avait jamais été publié et la rédaction avait eu le front de ne pas le lui renvoyer et même de ne pas entrer en correspondance avec elle. Ce passé qui touchait aux limites de l'idéal n'avait pourtant pas entamé le caractère d'Alexandra Pavlovna.

Ivan Ivanovitch contemplait donc ses mains. Il avait été musicien. Il savait fort bien quand il fallait exécuter une roulade, passer la main droite derrière la main gauche sur le clavier ou faire courir son pouce d'un bout à l'autre des touches du piano. Tout cela s'était passé du temps des valses de Sitchaïev sous le régime tsariste. Un peu plus tard, il avait failli mourir, puis il avait été évacué avec un minimum de bagages et, une fois à Paris, il avait trouvé du travail chez un marchand de meubles.

— C'est tout de même une tragédie, Chourotchka, confiait-il parfois le dimanche à sa femme. C'est pour moi une tragédie, mon petit, que d'être employé chez un marchand de meubles. Je n'y suis pas à ma place. Dieu m'a gratifié d'un talent. Toute ma vie, j'ai communié dans l'art et voilà que par la force des choses, je suis l'otage d'un système économique qui m'oblige à travailler comme comptable.

— Bien sûr que c'est une tragédie ! confirmait Alexandra Pavlovna, en général de la cuisine. La fatalité se joue de ton état d'émigré.

Puis elle abordait un sujet de conversation plus terre à terre.

Il arriva qu'un dimanche, Ivan Ivanovitch, qui s'était fait pas mal d'amis à Billancourt, donna un tour plus général à l'entretien qu'il avait l'habitude d'avoir avec sa femme.

— Voilà, il devient clair que je ne suis pas le seul à endurer cette tragédie. Un tel et un tel à Billancourt occupent aussi des postes qui ne correspondent pas à leurs qualifications. Eux aussi galvaudent leur talent. La tragédie nous touche tous. Je partage avec Guerassime Gavrilovitch, Grigori Andreïevitch et d'autres la même fatalité.

Cette constatation n'aidait guère Ivan Ivanovitch à supporter son emploi chez le marchand de meubles. Absolument pas. Et même au contraire car les dimanches, il était à bout de patience.

Il se trouva qu'il eut à se rendre avec son patron à une grande vente aux enchères. C'était un jour pluvieux sans originalité. La bousculade qui régnait parmi les brocanteurs et les antiquaires dans l'hôtel des ventes était incroyable. Des piles de vaisselle étaient transportées d'une salle à l'autre, on déroulait des tapis dans l'une d'elles et les enchères montaient pour un tuyau de cheminée vendu avec en prime un petit chien en bronze.

Ivan Ivanovitch se sépara de son patron et partit errer dans les salles où, entre les petits secrétaires en marqueterie, les canapés en mal de réparation et un lit vieux de six siècles aux colonnes rongées par les vers, il aperçut soudain un piano qui faisait partie de la succession du vicomte d'A. Les visiteurs qui passaient devant lui n'hésitaient pas à tapoter ses touches, une demoiselle, les genoux un peu pliés, exécuta deux mesures de Rachmaninov, un monsieur sans grande distinction fit aussitôt entendre un fox-trot endiablé de sorte qu'il n'y en eut plus que pour lui, et un type, encore moins cultivé, lui succéda en tambourinant sur le clavier une ritournelle de peu d'importance.

Une telle désinvolture de la part du public remplit Ivan Ivanovitch d'étonnement. Il se glissa hors de la salle pour entrer dans une autre où, là encore, se trouvait un piano.

"Et si, à mon tour, j'essayais de jouer une des valses de Sivatchov ?" se dit-il en approchant de l'instrument. Il posa son chapeau, prêt à attaquer, lorsqu'il s'aperçut que le couvercle du piano était fermé à clef, l'exposition des meubles de cette salle étant fixée au lendemain.

C'est à ce moment-là que son patron l'appela pour le conduire à l'étage au-dessus. Il lui expliqua comment enchérir à bon escient après s'être fixé un plafond à ne pas dépasser. Trois heures s'étaient à peine écoulées qu'Ivan Ivanovitch se trouva à la tête de deux fauteuils, d'un ravissant petit meuble en marqueterie, d'une étagère Henri II et d'une armoire munie d'un tiroir secret.

Sa journée terminée, il rentra tout pensif chez lui et à nouveau, il se mit à contempler ses mains. "Dire qu'avec des mains comme les miennes, je ne réussis toujours pas à vaincre la tragédie ! Que faire pour que je puisse exercer enfin mon vrai métier ?"

Tout silence mettait Alexandra Pavlovna dans tous ses états.

— Qu'est-ce que tu fais ? A quoi penses-tu ?

Ivan Ivanovitch ne cachait jamais rien à sa femme.

— J'ai vu un piano à la salle des ventes aujourd'hui. Ce serait tellement bien, Chourotchka, si je pouvais reprendre mon ancien métier et trouver du travail dans le domaine musical, mon petit !

Elle prit place en face de lui. Ils remplirent leurs assiettes d'un peu de soupe.

— Toi, lui dit-elle, toute ta vie tu t'es battu contre vents et marées et tu as toujours pris des initiatives. Il faut absolument que tu reprennes ton ancien métier afin de damer le pion à notre tragédie.

— Mais peut-être que cette tragédie n'existe déjà plus depuis longtemps, mon petit, elle a peut-être complètement perdu de sa virulence. Allons, il faut rassembler nos forces pour une nouvelle vie !

Angoissantes questions qu'Ivan Ivanovitch ne cessait de se poser en les retournant dans tous les sens. Il s'imaginait être celui qui, le premier, provoquerait un changement général à Billancourt : pour commencer il allait quitter le marchand de meubles, puis trouver un emploi dans le monde musical. Son exemple signalerait la fin d'un malentendu général. L'un après l'autre, chacun retrouverait sa voie initiale. Il était persuadé que le sort l'avait désigné pour une telle mission.

La nuit, allongé dans son lit, Ivan Ivanovitch était tout retourné par la victoire qu'il venait de concevoir. N'y tenant plus et seulement vêtu de sa chemise, il se leva et s'approcha de la fenêtre. Cela faisait au moins vingt ans qu'il ne s'était approché d'une fenêtre la nuit. Il leva les yeux, la lune brillait dans le ciel. Le diable seul savait à quoi pouvait ressembler l'air nocturne depuis tant d'années qu'Ivan Ivanovitch ne l'avait respiré. Il ouvrit la fenêtre et sentit le froid envahir ses pieds. Il se pencha au-dehors. Un piéton titubait dans la rue en chantonnant, longtemps encore il entendit la rengaine s'éloigner. Une brise légère soufflait, on se serait cru en avril.

— Que fais-tu là, planté à ne rien dire ? demanda Alexandra Pavlovna qui s'était réveillée.

— Je me sens tout drôle, je vais me recoucher tout de suite, répondit Ivan Ivanovitch.

Et en effet, il se remit aussitôt au lit. Il rêva de son passé idéal, ce qui le mit de mauvaise humeur lorsqu'il se leva le lendemain matin.

Le même soir, assis devant la fenêtre, son destin ayant pris un nouveau tournant, il lui semblait que toutes les personnes qui passaient sous ses yeux, elles aussi, éprouvaient quelque chose de particulièrement important et significatif. Une petite fille passa en courant. Ne serait-elle pas en train de se rendre à la pharmacie ? Sans doute quelqu'un était en train de mourir. Mon Dieu ! La pauvrette se dépêche pour rien. Aujourd'hui, les pharmacies sont fermées... Et ces deux-là qui se disent adieu au coin de la rue. Le plus grand des deux ne vient-il pas d'être condamné à une peine de prison ? Ils se serrent la main un peu trop longtemps. Il prolonge les adieux car l'heure est peut-être venue pour lui d'accomplir sa peine ?... Et les femmes donc ? Ces femmes rusées qui font mine de discuter sous le porche, l'une d'elles ne va-t-elle pas soudain asperger sa compagne de vitriol ? On sait bien ce que signifient ces palabres.

En abaissant son regard, Ivan Ivanovitch aperçut le journal du matin posé sur ses genoux. Là aussi, il était fait allusion aux catastrophes survenues dans le monde. Dans les petites annonces, un escroc est à la recherche d'un autre filou dans le but d'attaquer une banque ; un nouveau canon automatique vient d'être inventé à Anvers ; on télégraphie du pôle Sud au pôle Nord pour signaler la disparition d'un petit chien... et ainsi de suite... les yeux se brouillent.

Tiens ! On sonne à la porte. N'y aurait-il pas le feu ?... Non, c'est Semion Nikolaïevitch Kozlobabine, l'illustre commerçant et ami de longue date d'Ivan Ivanovitch qui leur rend visite. A la grande satisfaction d'Alexandra Pavlovna, il va droit au but. Il a décidé d'ouvrir un sympathique petit cabaret de douze tables pour rappeler à certains le bon vieux temps, boire un verre de véritable bière russe accompagné des zakouski d'usage, s'offrir du thé dans des verres russes (il connaît un endroit où on peut s'en procurer) sans parler de notre petite vodka nationale. Pour faire plaisir à son frère poitrinaire qui vient tout récemment d'arriver du pays natal et en même temps tirer un certain profit pour lui-même, Kozlobabine a pensé agrémenter son petit cabaret avec un peu de musique car à sa grande surprise son frère se trouve être un violoniste.

Semion Nikolaïevitch jeta un regard à Ivan Ivanovitch en faisant tourner son alliance telle une toupie sur la table et dit :

— Qu'en pensez-vous, cher ami, l'étincelle divine se serait-elle éteinte chez vous ? N'accepteriez-vous pas le poste de pianiste dans mon entreprise ?

La tragédie allait enfin pouvoir être vaincue !

A partir de ce jour-là, le marchand de meubles continua à prospérer sans lui.

Une forte odeur de peinture a régné les premiers temps dans le cabaret de notre illustre commerçant. Les murs avaient été peints en gris, on installa des tables et un comptoir en zinc derrière lequel Mme Kozlobabine fut appelée à trôner. Un serveur et un plongeur furent engagés. On loua un piano et des annonces furent publiées dans les journaux informant que les samedis et les dimanches, de la musique se ferait entendre dans ce lieu terrestre et que les autres jours on pourrait y écouter de la musique légère (violon et piano) et à l'occasion le public serait invité à chanter en chœur.

La clientèle afflua, attirée par le violon, le piano et les chants tziganes. Le frère poitrinaire de notre illustre commerçant jouait d'abord une pièce de son répertoire, en général de la musique plus ou moins classique. Ensuite Ivan Ivanovitch exécutait une valse qui bondissait littéralement de sous ses doigts agiles, et lorsque la valse prenait fin, tous les deux jouaient alors en duo et ne se dépreaient plus pour le plus grand plaisir de l'assistance. C'est seulement alors que Dounia faisait son apparition (plutôt me couper la langue que de divulguer des détails à son sujet). Cette Dounia remuait les cœurs dès le premier couplet :

*A Billancourt*
*Nous avons un petit coin*
*Où après notre patrie nous soupirons*
*Chaque heure et chaque jour...*

Pendant qu'elle chantait, le frère poitrinaire en profitait pour mordre dans un sandwich, tandis qu'Alexandra Pavlovna Kondourina, ne supportant plus le silence et la solitude, s'en venait chercher son époux.

Bien évidemment, le salaire d'Ivan Ivanovitch subit une diminution, par contre la tragédie ne fut plus qu'un souvenir. Le matin, il restait au lit et ne se levait que l'après-midi pour se rendre aussitôt au cabaret et y répéter des airs à la mode car il tenait absolument à être au diapason de son époque. Quant à ses dîners conjugaux, ils se réduisaient dorénavant à un peu de soupe. Pour ce qui était d'Alexandra Pavlovna, son passé idéal avait soudain ressurgi. Elle était maintenant pleinement satisfaite du tournant avantageux que son destin de femme venait de prendre.

Mais voici comment Ivan Ivanovitch allait s'élever encore plus haut dans la hiérarchie artistique. Du lot des habitués du cabaret, un personnage important s'était détaché. Il avait, de surcroît, des ascendances françaises. Passablement séduit par les instruments de musique, le chant de Dounia, et après avoir consommé un ou deux petits verres (nous ne préciserons pas de quel alcool il s'agissait), l'important personnage s'était quelque peu déboutonné et avait confessé des renseignements très intéressants à Ivan Ivanovitch.

Primo, il était superflu de faire des manières avec *moussiou* Denis, c'est-à-dire qu'on ne devait absolument pas se sentir embarrassé devant lui car il se pouvait qu'un de ses ancêtres ait, lui aussi, chanté des romances en 1789. Cela on n'en était pas sûr, par contre ce que l'on savait indubitablement, c'est que cet aïeul avait fui une cruelle révolution (et elle le fut) pour se réfugier à Saint-Pétersbourg où il avait tout tenté pour survivre. Quels furent les métiers exercés par ses enfants et ses petits-enfants, nous n'en avons pas été informés. Peut-être qu'eux aussi avaient travaillé dans une usine d'automobiles et avaient été chauffeurs de taxi, c'est même certain. Quant aux arrière-petits-enfants, ils étaient revenus en France où *moussiou* Denis leur était né de sorte que les aïeux de *moussiou* Denis se trouvaient être presque des compatriotes.

Secundo, ce même *moussiou* Denis, le cher homme, l'arrière-petit-fils de celui qui avait chanté des romances tziganes françaises là-bas, en Russie, possédait une salle de cinéma à Billancourt et voilà qu'il proposait à Kondourine d'y jouer du piano.

— J'ai, dit-il, un véritable artiste qui gratte du violoncelle. Cela fait quarante ans qu'il en vit. En venant chez moi, votre bien-être matériel serait relativement assuré.

Ivan Ivanovitch ne cachait jamais rien à sa femme.

— Comme tu peux l'imaginer, mon petit, lui dit-il, le cabaret de notre vieil ami ne représente qu'un bivouac dans notre vie. Et s'il faut chercher à s'élever, autant y aller carrément.

— Mais, pourquoi pas ? lui répondait-elle. Puisque nous avons décidé de nous en sortir, autant le faire à fond. Et puis dans un cinéma, l'art y est plus pur que dans un cabaret.

C'est ainsi qu'Ivan Ivanovitch abandonna son bivouac, fit ses adieux aux frères Kozlobabine et à Mme Kozlobabine pour entrer dans l'orchestre cinématographique où il joua du piano comme il le lui avait été demandé.

Ce fut une époque bien particulière et celui qui ne l'a pas vécue ne peut porter de jugement. Ivan Ivanovitch s'était laissé pousser les cheveux sur la nuque et s'était acheté un faux col pour les vendredis, les samedis et les dimanches. Le lundi, il ne faisait pas de frais de toilette. Il mettait ce qu'il avait eu l'habitude de porter pour aller travailler chez le marchand de meubles. Le faux col était lavé le lundi, repassé le mardi, le mercredi et le jeudi il reposait dans la commode enveloppé d'un mouchoir propre.

Lorsqu'un nouveau film devait être présenté, il y avait répétition après le déjeuner. On projetait d'abord le film pour lequel on choisissait des airs de musique, quelque chose de simple mais qui devait s'adapter parfaitement au scénario. Puis on répétait avec les artistes qui constituaient les attractions destinées à divertir le public pendant les entractes. Des jongleurs japonais, des chanteurs de variétés, des jeunes gens assez quelconques, plutôt du genre parasite, des danseuses qui visaient tantôt l'oreille, tantôt les dents d'Ivan Ivanovitch avec la pointe de leurs chaussons. A vrai dire, il s'y passait beaucoup de choses.

Une semaine ne s'était pas écoulée qu'Ivan Ivanovitch s'était déjà fait de nouveaux amis. Tous des artistes qui, grâce à Dieu, n'avaient pas galvaudé leur talent mais, au contraire, l'avaient exploité. Une jeune fille à lunettes jouait du violon, ainsi son avenir était assuré. Le violoncelle était tenu par le musicien déjà nommé, l'alto par un petit monsieur sans grande envergure mais qui avait pourtant réussi à élever six enfants qu'il avait dirigés dans la même voie que la sienne. Cet orchestre comptait parmi ses membres un surnuméraire (les vendredis, samedis et dimanches), un costaud qui maîtrisait à la fois la contrebasse, les cymbales et le tambour. Un véritable spécialiste. On n'en comptait pas plus de cinq comme lui dans le monde entier.

Alexandra Pavlovna eut droit au premier rang à un fauteuil gratuit. Ivan Ivanovitch arrivait avant tout le monde. Dix minutes avant la séance, il vérifiait l'éclairage, époussetait les feuilles de tabac qui traînaient sur le clavier du piano. Ce tabac, répandu par celui qui l'avait précédé, ne cessait de ressortir par toutes les fentes de l'instrument, une vraie cochonnerie !

La salle se remplissait de monde, les gens toussaient, froissaient des journaux et croquaient des noisettes. La jeune fille et l'alto arrivaient les premiers. Peut-être s'aimaient-ils à cette époque ? On ne pouvait rien dire. Le papy violoncelliste apparaissait à son tour en se mouchant avec un bruit de trombone. C'est alors qu'un frisson divin parcourait l'épine dorsale d'Ivan Ivanovitch, puis vlan ! à droite et vlan ! à gauche sur le clavier. Le public frémissait. Un dernier petit courant parcourait les boucles de la nuque de Kondourine et l'orchestre attaquait la marche de l'ouverture comme un seul homme.

Dehors, il pleuvait. Un pauvre hère se faisait peut-être mouiller, pour quelques autres des rêves secrets ne s'étaient pas réalisés, quelqu'un avait peut-être envie d'emprunter un peu d'argent ou d'en demander sans avoir l'intention de le rendre, peut-être que des réflexions se bousculaient dans la tête de certains autres, des réflexions comme celles-ci : travailler dans sa propre spécialité, ou ce serait tellement bien si la tragédie venait à disparaître à Billancourt, ou encore s'il n'y avait jamais eu de Perekop*, ni d'évacuation, ni de retraite dans les marais, ni de typhus à Rostov…

* Isthme en Crimée où les troupes de Wrangel ont connu la défaite en 1920. *(N.d.T.)*

La marche d'ouverture grondait. Alexandra Pavlovna assise au premier rang se préparait à voir le film. Le salaire d'Ivan Ivanovitch avait bien entendu diminué. Il gagnait plus chez le marchand de meubles mais ce n'était pas pour rien que cette dame avait, un jour, éprouvé des émotions de qualité. Dehors, comme je l'ai dit, il y avait peut-être du brouillard, du vent, il y avait peut-être quelqu'un qui enviait terriblement Ivan Ivanovitch et qui aurait voulu le surpasser à tout prix…

Un mois passa, puis deux. L'hiver fut là. Vers Noël, on approcha de certains changements, cela devenait évident. Il fallait donner un petit coup de blanc à la salle de cinéma, décorer son plafond d'une lyre, dessiner une frise le long des murs afin que pour la nouvelle année tout fût prêt et que l'on pût dignement passer cette année 1930. Nombreux étaient ceux qui y réfléchissaient déjà.

Tenez-vous sur vos gardes, mes amis, car à notre avis toute rénovation cache toujours quelque ruse. Méfiez-vous si vous vous apercevez que l'on se met à blanchir un plafond, à repeindre un mur, que l'on pose de nouveaux parquets. Si aujourd'hui on balaie, il se peut que demain vous subissiez le même sort.

Les premiers peintres arrivèrent le lundi et s'attaquèrent aux pièces du fond. C'étaient des ouvriers tranquilles, polis et soigneux. Le patron, qui descendait de ces Français qui, comme nous, pauvres pécheurs, avaient chanté des romances tziganes françaises à Saint-Pétersbourg, ne les lâchait pas une seconde. Désœuvré, il était tout le temps sur leur dos. Les ouvriers travaillaient à leur rythme et accomplissaient un travail bien fait. Le samedi suivant, on n'avait pas encore attaqué la salle. Il fut alors décidé de fermer l'établissement pendant deux semaines afin que le public soit tenu à l'écart des transformations en cours.

La rénovation était de taille : nettoyage des sièges et nouvelle numérotation, confection d'un nouveau rideau de scène et d'uniformes pour le personnel. D'autres projets encore plus fous trottaient dans la tête du patron. Il prit la décision de se séparer de son orchestre.

— Moi, dit-il en français, je ne suis pas une quelconque autruche qui se cache la tête devant vous. Je vais vous payer selon la réglementation en vigueur. Primo : j'ai décidé de doter la salle d'une sonorisation mécanique, une économie qui me permettra d'ajouter trois rangées de fauteuils au parterre. Secundo : j'aurai ainsi un équipement moderne. Voilà ce que j'avais à vous dire. J'ajoute que j'ai été très heureux de faire votre connaissance.

Cette déclaration avait été faite juste avant le début de la séance, un jour où le surnuméraire était présent. Des gens comme lui, il n'y en avait pas dix dans le monde entier.

— Et où devrons-nous aller ? demanda-t-il doucement.

— Eh bien, là où iront les chanteurs de variétés et les jongleurs japonais. Je me sépare d'eux aussi car ils ne sont plus modernes.

C'est alors que le musicien qui avait vécu plus de quarante ans de son violoncelle prit la parole :

— Comment peut-on comparer notre musique avec celle d'un gramophone ? Ce que vous faites là (sa respiration était devenue forte et il était agité), c'est la même chose qu'un homme qui aurait vécu avec sa femme pendant quarante ans et qui soudain la remplacerait par une quelconque poule à deux roubles et demi !

Sans rien dire, Ivan Ivanovitch passa la main dans ses cheveux qui avaient commencé à boucler. Puis il prit place devant son piano et l'orchestre attaqua aussitôt son chant du cygne – la marche d'ouverture.

— Nous, dit-il en rentrant à la maison et en se déshabillant au milieu de la pièce, nous, Chourotchka, nous sommes à nouveau dans la panade. Mais encore une fois, mon petit, nous ne sommes pas les seuls. C'est compliqué. Il faut y réfléchir. Ce n'est pas simple. En dehors de toi, de moi et de nos amis très chers, de nouvelles personnes se trouvent prises au piège. Un *moussiou* très convenable, un autre tout aussi distingué sans compter une jeune fille. Il se trouve que notre tragédie touche également d'autres personnes que nous. Dorénavant, nous faisons partie d'un tout.

— Si c'est ainsi, dit Alexandra Pavlovna, alors l'idée que nous ne sommes pas les seuls est déjà une consolation. Tu as suffisamment lutté toute ta vie contre vents et marées…

— Oui, à cela aussi il faut réfléchir. C'est possible que ce soit plus facile à supporter comme cela peut ne pas l'être. En définitive, on ne sait plus dans quelle direction se diriger puisque même le *moussiou* et la jeune fille… J'ai l'impression, mon petit, que ce sera encore plus dur…

Le moment était venu d'éteindre la lumière.

Peut-être quelqu'un serait-il intéressé de savoir ce qu'Ivan Ivanovitch est devenu ? Peut-être quelqu'un pourrait-il s'inquiéter, ne serait-ce que pendant un court instant, de savoir s'il n'a pas péri ?

Eh bien non, absolument pas. Nombreux étaient ceux qui rêvaient au crépuscule et, par un soir pluvieux place Nationale, à *moussiou* Renault, ou enviaient Ivan Ivanovitch qui était retourné chez le marchand de meubles où il avait retrouvé son ancien emploi (entretemps le bivouac de Kozlobabine avait fermé comme avaient fermé certains bivouacs à la même époque), le même emploi qu'il avait occupé pendant deux ans et demi.

On peut aussi affirmer sans se tromper que, sauf s'il se passait quelque événement extraordinaire dans le monde, quelque chose de véritablement incroyable, et que tout restât comme avant et même pis, alors Ivan Ivanovitch ne quitterait plus jamais sa place. Il lui arrivera, bien sûr, de perdre patience de temps à autre dans un moment d'inactivité, mais il n'entreprendra aucune action car il se sera avéré que la tragédie n'était pas la sienne, la mienne ni la vôtre, mais qu'elle était générale et même universelle.

Parfaitement universelle ! Ne m'en veuillez pas de cette note pessimiste !

*1929*

# ICI ON PLEURE

La fête nationale battait son plein place Nationale. C'était le 14 Juillet.

Un podium avait été installé à l'endroit où d'habitude, à la tombée de la nuit, les nôtres venaient se tourner les pouces ou se promener en bavardant. Un orchestre de quatre musiciens avait été engagé la veille pour jouer une seule et même valse. Toute la soirée, le tambour battit avec force et tristesse tandis que les couples tournoyaient au milieu des badauds qui faisaient cercle en rangs serrés. Il y avait du spectacle.

Pour une fois c'étaient de vrais couples qui évoluaient sur la place : un homme et une femme. Quelquefois on pouvait voir deux hommes danser ensemble, mais plus rarement, d'ailleurs, personne n'y faisait attention.

Un bellâtre de service (je n'ai jamais su de quoi il vivait), un Chinois coiffé d'un canotier qui lui recouvrait un œil et mon contremaître, membre du parti communiste, qui avait revêtu pour la circonstance des bretelles bleu azur, valsaient eux aussi.

Le reste du public qui n'appartenait à aucun parti, la main sur la couture du pantalon, s'était attroupé autour des danseurs.

Il y avait de nombreux visages très chers et même précieux dans cette foule. Ils s'étaient rasés de près non en raison de la fête nationale, mais parce que c'était dimanche. Tel un clair lacet, les raies couraient au milieu des chevelures pour s'enrouler autour des oreilles, contournant librement l'occiput, et disparaissaient dans le col empesé. Ce dernier était d'une propreté impeccable, ce qui n'était pas le cas de la cravate qui s'entortillait n'importe comment sur des poitrines qui en avaient vu d'autres. Le *complié vestone** pincé à la taille, de couleur bleue ou noire, épousait parfaitement la silhouette cavalière de celui qui le portait. On se sentait tout fier de croiser un tel *complié vestone*. Quant aux souliers cirés et aux chaussettes bariolées, ils se voyaient moins en cette heure de la soirée. Les soucis et Dieu sait quelle alimentation avaient rendu ces visages familiers pâles et bouffis. Même les jours de fête on n'y décelait pas la satiété heureuse, c'étaient plutôt les nerfs qui avaient le dessus ce soir-là. Tous déambulaient parmi la foule en observant les danseurs tandis que le tambour battait avec régularité et tristesse.

Chov, Petroucha et moi-même, nous avions pris place sous le store largement déroulé du *Cabaret*. Petroucha, à vrai dire, mon cher Piotr Ivanovitch, n'arrivait pas à se mettre d'accord avec Chov, son camarade de régiment, sur le lieu où ils s'étaient trouvés le 23 décembre 1919. Etait-ce auprès de la forteresse de B. ? Alors pourquoi le colonel Maïmistov était-il absent ? Cette discussion se poursuivait déjà, avec de brèves interruptions, depuis le matin.

* A lire avec l'accent russe. Ecrit tel quel en lettres cyrilliques par N. B. *(N.d.T.)*

— Gricha, dis-lui donc, me criait Petroucha, Piotr Ivanovitch. Pourquoi te tais-tu ? Confirme-lui donc que ce jour-là, il était soûl. C'est la raison pour laquelle il ne se souvient de rien. Si vraiment nous étions là où il prétend, Maïmistov ne se serait jamais rendu au quartier général. Il serait resté avec nous comme l'aurait fait notre meilleur ami.

— Je n'étais pas soûl, répondait Chov, c'est-à-dire que je ne pouvais pas être soûl pour la raison que nous étions un mercredi.

— Mercredi ! Mais il est complètement fou, Seigneur Dieu, Gricha ! Crois-moi, c'était un lundi. Mais pourquoi tu ne dis rien ?

Qu'avaient-ils à vouloir éclaircir tous ces vieux détails ? Petroucha, Piotr Ivanovitch, voulait, comme il me l'a avoué plus tard, entamer la rédaction d'une histoire de la guerre pour pouvoir, avec l'aide de Dieu, la faire imprimer en trois exemplaires, un pour lui-même, un autre pour sa descendance et un troisième pour la femme aimée au cas où une telle personne viendrait à faire partie de sa vie. Chov lui répondait uniquement pour éviter la bagarre.

A cet instant, une apparition surgit au coin de la rue : elle portait une robe de soie bleue qui lui venait aux genoux et était coiffée d'un bibi de la même couleur. Elle avait un sac à main en cuir marron. Relevant le menton d'un air fanfaron, l'apparition passa devant nous et se dirigea vers les danseurs. Tous s'étaient retournés. L'apparition resta un moment dans la foule, passant d'un pied à l'autre lorsque soudain, nous n'en crûmes pas nos yeux, elle se lança dans cette valse que le lecteur connaît déjà, au bras du bellâtre de service.

Pendant quelques instants encore on put apercevoir un bout du bibi azur. La foule devenait de plus en plus dense. Le tambour vous remplissait de nostalgie.

— Elle reviendra ! Elle reviendra ! s'écria Petroucha lorsque le bibi azur eut définitivement disparu. Peut-être qu'en cette minute le bonheur de toute ma vie est en train de danser, alors que moi, je suis ici comme un crétin à m'occuper du colonel Maïmistov. J'aurais tant voulu avoir une meilleure coordination entre mon âme et les circonstances de la vie !

— Une telle coordination est rare, dit Chov, et d'ailleurs comment pourrait-elle se produire ? Pour cela il faut de bonnes conditions de vie.

Nous nous taisions tous les deux.

— Si vous voulez obtenir une coordination, alors il faut aller danser. C'est la fête nationale sur la place Nationale, l'orchestre est en train de jouer. Pourquoi rester assis comme ça ?

Pour danser, nous ne dansions pas. Ce n'était pas dans notre tempérament.

Etant d'une taille plus grande que nous, Petroucha devait sans doute apercevoir le bibi bleu car il regardait souvent du côté des danseurs.

— Le tambour bat. Si on ne se décide pas à danser, au moins on pourrait faire un tour et aller regarder les danseurs. Ou alors quoi ?

Petroucha se souleva de sa chaise encore une fois en jetant un regard circulaire. A mon tour, j'aperçus enfin la robe aérienne et le sac marron tenu par la petite main. L'apparition s'éventait avec son petit mouchoir. Tous les trois nous ne la lâchions pas des yeux. Nous n'avions plus du tout envie de parler du 23 décembre 1919.

— Bonjour, Petroucha, dit Semion Nikolaïevitch Kozlobabine en s'approchant de nous. Serait-ce votre voiture, celle qui est garée à l'angle de la rue ? Seriez-vous intéressé de gagner un peu d'argent par un travail honnête, c'est-à-dire, me conduire à la gare du Nord et me ramener ? Je dois aller chercher mon frère.

Kozlobabine, commerçant de son état, avait l'air soucieux. Il avait mis un foulard de soie autour de son cou et portait un imperméable bien que la soirée fût presque chaude.

— Peut-être êtes-vous en train de faire la fête aujourd'hui ? Dans ce cas excusez-moi. Je vais alors chercher quelqu'un d'autre. Le capitaine serait peut-être libre ?

Chov ne répondit pas. Petroucha prit la parole :

— Non, pourquoi pas ? Je vous conduirai.

Semion Nikolaïevitch Kozlobabine regarda sa montre :

— Je voudrais aller chercher mon frère qui est poitrinaire, répéta-t-il sans trop d'entrain. Nous ne nous sommes pas vus depuis neuf ans.

Petroucha alla mettre le moteur en marche. Pourtant, il ne se décidait pas à partir aussi facilement. Il sortit de la voiture et vint vers moi.

— Gricha, peux-tu me rendre un service ? dit-il. Surveille l'autre là-bas, celle qui est en bleu avec le sac. Je tiens à savoir avec qui et où elle va aller. Compris ?

Je ne cillai pas.

— Bien sûr, cher Petroucha, je surveillerai.

Avant de prendre place dans la voiture, Semion Nikolaïevitch Kozlobabine me dit :

— Peut-être que vous, Grigori Andreïevitch, vous aimeriez faire un tour avec nous ? Il y a de la place. Une occasion de voir des choses intéressantes. Vous pourriez voir un train ou quelqu'un qu'on aurait écrasé. Je crois que vous aimez ça. Peut-être aussi une idée intéressante pourrait vous venir à l'esprit.

— Non, je vous remercie. Une vie ne suffirait pas à courir après les idées. Je préfère rester ici avec le capitaine.

Chov et moi-même, nous restâmes donc sur place en gardant le silence. La nuit tombait. Dans les verres, le calvados répandait son arôme. Sur la piste, des gens semaient le désordre.

— On dirait que notre commerçant ne se réjouit pas trop de voir arriver son frère, déclara Chov. Il est toujours prêt à faire ami avec des inconnus dans la rue tandis que le frangin c'est quelqu'un d'ordinaire.

— Cela veut dire que ce qu'il fait ne correspond pas au moment.

— Précisément.

— Il me semble, capitaine, que moi aussi, en ce moment, je ne fais pas ce qu'il faudrait que je fasse. J'aurais peut-être une raison de détester quelqu'un, mais je ne dis rien.

Il me regarda surpris.

— J'en ai peut-être une aussi, me dit-il d'un air significatif. Il se pourrait que j'aie intérêt à passer à l'attaque en cet instant.

— Cela signifierait-il que vous-même vous n'accordez pas toujours vos actions avec les circonstances ?

On aurait dit qu'il venait de se souvenir de quelque chose. Il repoussa sa casquette vers la nuque et essuya de la main son front moite. Il regardait, pris soudain d'indécision et de méfiance.

— Jure-moi, Gricha, que jamais, aussi difficile que cela puisse être pour toi et même en cas de faillite, jamais tu ne divulgueras ce que je vais te dire.

— Eh bien, en voilà une affaire !

— Jure !

— Mais où veux-tu que je divulgue quoi que ce soit ? Je ne suis tout de même pas un écrivain ! Pour qui me prends-tu ? Et de toute façon combien cela me rapporterait-il ?

— Alors tu jures ?

Il n'y a rien eu à faire. Je jurai. Il commença alors son récit… et pour un moment il oublia la robe bleue.

— C'était quarante siècles en arrière. J'avais vingt-huit ans et j'étais marié, pas avec Maria Sergueïevna, mais seulement avec Maria Fiodorovna qui, l'année même de notre mariage, s'est enfuie avec un fonctionnaire du tsar. Elle est morte en couches dans la ville de Bakhmout, ruelle Sadovaïa, numéro trois. En ce temps-là, c'est-à-dire à l'époque dont je parle, pas dans la ruelle Sadovaïa, mais dans la rue Gorcheva, nous vivions en tant que jeunes mariés chez le père de Maria Fiodorovna, mon beau-père, Fiodor Petrovitch et de surcroît Petrov de son nom de famille. Mon beau-père, un capitaine, avait eu la chance de n'avoir jamais participé à un combat. Pas comme nous deux. Par contre, il adorait parler de la vie militaire. Les jours de congé, à la fraîche, il était intarissable sur les manœuvres militaires, impossible de lui couper la parole. Il se déplaçait toujours avec une canne, l'air imposant mais tout de même agréable. Il avait fait don de son petit capital à sa fille, Maria Fiodorovna, le jour de son mariage. Il ne s'était réservé que des clopinettes, juste de quoi manger, boire et changer de linge. Un homme charmant, te dis-je, absolument pas un beau-père.

"Un beau jour, c'est fou ce que le temps passe vite, le beau-père venait d'avoir soixante et un ans, alors qu'il se préparait à évoquer un certain défilé militaire, voilà qu'une congestion cérébrale le frappe, d'abord du côté de la langue et ensuite les bras et les jambes furent pris. Le lendemain Fiodor Petrovitch mourut. Maria Fiodorovna pleura une journée, une nuit et encore un jour. Quant à moi, je dois l'avouer, ce terrible événement m'a pas mal secoué.

"La maison a été aussitôt envahie de tantes à toutes les modes, c'est-à-dire des grosses qui passaient leur temps à fouiner dans le garde-manger, et des maigres qui étaient plus intéressées par les tiroirs dans les armoires. On célébra deux messes par jour. Les invités étaient royalement régalés. Le mort, lui, gisait bien tranquillement dans un coin, ce même coin où on a ensuite placé un canari qui n'a fait que s'égosiller.

"Le matin de l'enterrement, le soleil brillait, les fleurs étaient écloses. La foule s'était assemblée dans la maison : le clergé, la famille, les amis. Je me tenais dans notre chambre à coucher et avec mon mouchoir j'époussetais mes souliers, prêt à sortir. Maria Fiodorovna n'arrivait pas à fixer le voile de son chapeau. Elle l'avait déchiré en attrapant le chapeau sur l'étagère. Le voile avait été cousu à la va-vite lors d'un précédent enterrement. Le chapeau devait être réparé au plus tôt car, d'un instant à l'autre, les prières terminées, le cercueil devait être exposé. Ce n'était donc pas le moment de s'occuper du chapeau.

“J'étais debout dans ma chambre, lorsque soudain je perçus au loin, venant des rues silencieuses, le son d'un accordéon. En plein jour, comme ça, quelqu'un qui ne devait pas être tout à fait dans son état normal s'était mis à chanter en jouant de l'accordéon.

“Au début, on l'entendait à peine. On pouvait penser qu'il ne viendrait pas jusqu'à nous, qu'il passerait par une autre rue. Mais non, le voilà qui se met à longer la rue Gorcheva en braillant tellement fort que je n'avais jamais rien entendu de pareil :

*Si le barine a perdu sa chaîne*
*C'est qu'il a perdu sa montre…*

“Je fis quelques pas vers la fenêtre et vis le musicien pliant le genou à chaque pas, les yeux au ciel et les coudes écartés au maximum tant il s'évertuait sur son instrument. Une huitaine de gamins de tous âges le suivaient, le dépassaient en courant, faisant la roue et riant aux éclats.

“Je fus pris d'un frisson à l'évocation de la chaîne et de la montre. La chanson approchait déjà de nos fenêtres ; l'accordéon (était-ce possible ?) pinçait, étirait, extirpait, couinait, grinçait, sonnait et déroulait de telles petites notes, excusez-moi, que je n'en crus pas mes oreilles.

“C'est alors que, n'y résistant plus, je cessai de coordonner, je veux dire par rapport au décédé et à son exposition imminente. Et sans le faire exprès, Dieu seul sait comment, j'attrapai le rythme de la musique avec mes épaules. Maria Fiodorovna ne remarquait rien.

Elle était en train de fixer le voile sur son chapeau comme je l'ai déjà dit. Elle était si occupée que tout à fait machinalement, la voilà qui se met à chantonner trois petites notes, une épingle entre les dents. S'en étant rendu compte, elle se tut immédiatement, mais en posant son chapeau sur la commode, elle fredonna doucement «tralala» en faisant deux petits pas de côté, la tête inclinée sur une épaule.

"Je fis quelques pas car de toute évidence elle avait perdu la tête, mais à vrai dire, qui de nous deux l'avait perdue le premier ? Difficile à dire. Soudain, elle me tendit ses deux mains et nous nous mîmes à taper des pieds sur place au son de la musique. Un moment, nous piétinâmes ainsi entre la commode et la machine à coudre, puis, n'y tenant plus, nous nous sommes lancés dans une polka à travers la chambre à l'unisson avec l'accordéon.

*Si la barinia est serrée dans son corset*
*C'est qu'elle n'a plus de poitrine...*

"La musique cessa d'un seul coup. Le policier de garde à l'angle de la rue y avait mis fin. Toujours enlacés nous nous arrêtâmes. N'en pouvant plus, Maria Fiodorovna glissa dans mes bras. Je fus pris de panique. Saisi de vertige, j'ouvris toute grande la porte qui menait au salon et traînai ma femme vers la première pièce sous les yeux ébahis de toutes les tantes. Le service religieux commençait..."

Chov s'était tu. Je remarquai que ses yeux louchaient dans la même direction que les miens. L'apparition se détachait du cercle des badauds qui venait de s'élargir. Un petit nez retroussé, le bibi quelque peu chaviré et derrière elle, le bellâtre de service qui portait son sac en cuir et qui s'efforçait de décrocher de son propre revers la fleur qui y trônait.

Chov remit sa casquette comme il faut et bondit sur ses pieds.

— Je dois y aller. J'y suis obligé. On ne peut tolérer une chose pareille !

Il se précipita à leur suite à travers la place.

Je me mis alors à énumérer toutes mes non-coordinations : le jour où je m'étais lancé dans une danse à contretemps ; ou alors combien de fois n'avais-je pas joué le six quand il fallait jouer l'as ? Combien de fois n'avais-je pas trop bu alors que tous étaient sobres autour de moi ? Combien de fois n'avais-je pas voulu rentrer chez ma mère alors qu'il fallait aller au combat ? Qui n'a jamais éprouvé de si sinistres instants ? Evidemment, je ne parle pas de ceux qui possèdent la nationalité, ceux-là font toujours tout comme il faut.

La voiture de Petroucha venait de s'arrêter en face, juste devant l'entrée de l'hôtel *Caprice*. Semion Nikolaïevitch Kozlobabine et son frère poitrinaire, la cinquantaine, une chemise foncée sur le dos, sans cravate, un veston d'un autre âge et un anneau dans l'oreille, sortirent de la voiture. Mon Petroucha en retira un oreiller et un *koulitch** enveloppé dans du papier journal. Son propriétaire écarquillait les yeux, impressionné qu'il était par les roulements du tambour mais inquiet à l'idée que Petroucha pourrait s'approprier le *koulitch*. Semion Nikolaïevitch le saisit par le coude et dit :

— N'aie pas peur du tambour, Kolia ! Chez nous c'est la fête nationale : la prise de la

* Gâteau rituel de la pâque russe à base de farine et de fruits confits. *(N.d.T.)*

Bastille. Tu connais sûrement mieux que moi ce qui s'est produit à cette époque historique. Il faut absolument, mon cher, que tu prennes quelque chose après ton voyage. Un petit verre ou t'envoyer derrière la cravate une boisson qui puisse te requinquer. Piotr Ivanovitch portera tes affaires dans ta chambre à l'hôtel, la propriétaire lui montrera. On nous connaît ici et on nous respecte. Je crois que tu n'auras pas à te gêner.

Semion Nikolaïevitch s'approcha de notre table, me présenta son frère en me le recommandant. Tous deux y prirent place et entamèrent une conversation toute fraternelle.

— Alors, comme ça te voilà chez nous. Pour ainsi dire, tu as réussi à t'échapper... Ma famille, comprends-tu, est en villégiature, ce qui fait que je suis seul ici. Tu sais j'ai beaucoup d'affaires et je ne puis m'absenter. Bref, cela ne t'intéresse pas. Dis-moi plutôt comment va Micha, est-il vivant ? Et Anna Petrovna ? Où sont les Kouroïedov ? Sains et saufs ?

— Sains et saufs.

— As-tu vu Maroussia avant ton départ ? As-tu eu du courrier en provenance du Don ? Là-bas, les enfants vont-ils déjà à l'école ?

— Ils y vont.

Le poitrinaire Kozlobabine ne bougeait pas. Il était évident qu'il prêtait l'oreille au tambour et qu'il regardait autour de lui. Il s'émerveillait mais il n'était pas tranquille.

Petroucha revint et se pencha vers moi.

— T'as surveillé ?

— Oui, j'ai surveillé. Ils sont partis ensemble. Chov s'est élancé derrière eux. Je crains que cela ne se termine par une bagarre. Moi, à ta place, je laisserais tomber.

Petroucha se mordit les lèvres, s'assit et prêta l'oreille à la conversation entre les deux frères.

Pourquoi mentir, à vrai dire, il n'y avait aucune conversation entre eux. Kozlobabine, commerçant de son état, tantôt questionnait son frère au sujet de différentes personnes, tantôt le régalait de liqueurs ou bien lui décrivait sa situation matérielle. Le frère se tenait immobile sur sa chaise et se taisait. De temps en temps, il tressaillait et semblait se mettre sur ses gardes, puis il nous fixait, Petroucha et moi, avec une attention soutenue. Il dévisageait aussi les gens qui nous entouraient et qui devenaient de plus en plus bruyants : les danseurs, les badauds, les couples enlacés, les Chinois qui s'amusaient à se poursuivre, les aimables et charmantes vendeuses aux gros seins, employées à la charcuterie, à la crémerie et à la boulangerie.

A l'autre angle de la place où il y avait un petit café que nous nous efforcions de ne pas fréquenter, les musiciens maison firent leur apparition et aussitôt le violon se mit à grincer, la contrebasse à vrombir et le clairon répandit jusqu'à nous ses notes cuivrées. Dans la mesure où j'ai quelques notions de musique, je peux dire que les deux orchestres jouaient simultanément deux morceaux parfaitement différents.

Quelque chose d'étrange se produisit chez le frère Kozlobabine. Il s'était mis à s'agiter sur sa chaise et à piquer du nez au-dessus de son verre, cachant ses mains sous la table. Il était devenu tout rouge et c'est alors que nous vîmes une larme couler lentement sur sa joue. Ce fut très étrange.

Le commerçant Semion Nikolaïevitch interrompit brutalement son discours fraternel. Le nouveau venu se troubla et extirpa très lentement un mouchoir de sa poche. Un mouchoir qui avait voyagé dans le train et qui n'était plus très frais.

— Qu'est-ce qui t'arrive ? Tu n'es tout de même pas en train de pleurer ou quoi ? demanda Semion Nikolaïevitch. Son frère nous regarda, Petroucha et moi, d'un air coupable. Mais qu'est-ce qui te prend ? Ecoute, la musique joue, les gens s'amusent. Aujourd'hui c'est la fête, les gens dansent. Pourquoi pleures-tu ?

Le poitrinaire fixait ses genoux tandis qu'une seconde larme glissait sur l'autre joue.

— Pardonnez-moi, les amis, dit-il doucement, excusez-moi.

Petroucha rougit en s'agitant sur sa chaise :

— Camarades, je vous demande humblement de le laisser tranquille. Nos éléments extrémistes pourraient nous entendre et provoquer un scandale.

Le nouveau venu se couvrit le visage de ses mains qui, après le voyage, n'étaient pas comme elles auraient dû être s'il avait eu l'intention de se rendre à la messe pascale. Ses ongles non plus d'ailleurs.

Semion Nikolaïevitch se troubla.

— Ecoute, Kolia, t'es étrange. Comment puis-je te consoler ?

— Je ne sais pas.

Je déplaçai la soucoupe.

— Peut-être que vous avez laissé quelque chose de très cher à la maison ?

Le frère de Kozlobabine ne bougeait pas.

— Peut-être avez-vous attrapé mal au cours du voyage ?

— Peut-être regrettez-vous d'avoir dépensé votre argent ?

Le nouveau venu se taisait toujours en cachant son visage de ses mains.

Cela en devenait gênant. Petroucha ne s'en tint pas là :

— A moins que la fête nationale ne soit pas à votre goût ? Peut-être regrettez-vous qu'à Moscou on ne danse pas ainsi ? Ou bien alors on y danse tous les jours et chez nous seulement une fois par an et vous avez pitié de nous ?

Toujours immobile, le nouveau venu ne répondait pas. Son verre se mit soudain à trembler sur le guéridon. Impossible de comprendre une non-coordination aussi complète que celle-là.

Ce n'était pourtant plus un jeunot et de plus il était le frère de Semion Nikolaïevitch dont l'épouse et la fille s'étaient débrouillées pour partir en villégiature. Il avait eu la chance d'arriver juste au moment où chez nous on célébrait une fête sur notre place et où certains se promenaient bras dessus, bras dessous avec les vendeuses de la charcuterie et d'autres avec celles de la boulangerie. La coordination de son humeur et de celle de ceux qui valsaient ne s'était simplement pas faite.

— Allons plutôt faire dodo, déclara Semion Nikolaïevitch pour en finir. Il est temps d'aller au lit, mon mignon, la route t'a quelque peu secoué.

Le nouveau venu découvrit enfin son visage, celui-ci était parfaitement sec. Tous se sentirent soulagés. Kozlobabine saisit son frère par le coude, paya pour tous les deux et ils s'acheminèrent vers l'hôtel *Caprice*.

Je demeurai avec Petroucha et c'est alors que nous vîmes l'apparition. Elle marchait au bras de Chov riant de toutes ses petites dents nacrées. Petroucha n'y tint plus, il se précipita vers le couple pour être présenté. J'aurais dû, moi aussi, profiter de l'occasion, mais je ne bougeai pas. Je restai assis à écouter les deux orchestres qui avaient été engagés pour jouer simultanément deux airs différents.

Le feu d'artifice venait de débuter. La danse avait repris dans un troisième endroit, là où en hiver on vend des escargots et des crustacés, un des nôtres y grattait de la balalaïka.

Le feu d'artifice crépitait joliment, s'étalant sans danger dans le ciel. Les enfants criaient de joie et les femmes grimaçaient en rejetant la tête en arrière, un geste qui eût été seyant si seulement elles en avaient eu conscience. Dans le ciel où on devait normalement voir la lune, ce n'étaient plus que des étincelles vertes et rouges. Personne d'ailleurs ne se souvenait plus de la lune ni des étoiles.

Félicitons-nous du fait que le frère de Kozlobabine ait été ramené à son hôtel avant le début du feu d'artifice. Dieu sait dans quel état il aurait été puisque rien que la vue des lampions l'avait fait pleurer, lui, un homme que la vie avait obligé à lutter et quel est, aujourd'hui, l'homme qui n'est pas habitué à lutter dans la vie ? Moi, je n'en connais aucun !

*1929*

# UNE AFFAIRE… EN CUIVRE

— Grichenka, me dit Mme Klava, comment se fait-il que vous passiez votre temps à décrire des gens que vous connaissez, des gens ordinaires et, pour dire vrai, ennuyeux ? L'un a raté sa carrière au cinéma, un autre a laissé échapper sa fiancée, quant au troisième je ne me rappelle plus très bien ce qui lui est arrivé. En tout cas, ce sont tous des personnages sans grand relief. Que vous coûterait d'écrire quelques lignes sur l'Homme, tsar de la nature, ou à propos de quelque héros américain qui nous ferait battre le cœur et nous donnerait l'envie de tout lâcher, de le rejoindre immédiatement, de partager avec lui un bonheur fou, de nous installer dans sa chambre d'hôtel et de vivre un merveilleux conte de fées... ?

— Il n'y a pas de héros américains, lui répondis-je. Où voulez-vous que je les prenne ? Par contre, je connais quelqu'un, un homme qui a failli en devenir un. J'ai été aussi proche de lui que je le suis maintenant de vous.

— Et alors ? S'il n'y est pas arrivé, inventez-lui donc une conclusion qui soit captivante !

— On se moquera de moi. Tout le monde sait parfaitement que dans mon entourage il n'y a aucun héros américain.

Mme Klava demeura pensive.

— Bon alors, écrivez comme cela s'est passé exactement. Dites toute la vérité et utilisez les véritables prénoms, patronymes et noms de famille.

Bien. Je suis rentré chez moi, me suis attablé à mon bureau et j'ai écrit l'histoire d'Alexandre Evgrafovitch Barabanov – comme je l'ai déjà dit, cet homme existe vraiment, je l'ai rencontré maintes fois.

Je décidai de commencer mon récit par la description du temps qu'il faisait car nombre de nos écrivains ne rechignent pas à user de ce procédé, quelques-uns y ont même acquis une certaine renommée. Il est vrai que nos écrivains attachent beaucoup d'importance à la nature, c'est pourquoi leur situation matérielle est, en quelque sorte, meilleure que la mienne. Il faut toujours conseiller l'observation de la nature à celui dont la situation matérielle laisse à désirer. Le temps qu'il fait est toujours plus facile à décrire, puisqu'il est tout proche et vous pénètre jusqu'aux os lorsqu'il pleut.

“C'était un automne pluvieux, froid, venteux et ennuyeux.” C'est par ces mots que je commençai mon récit. “Il n'y avait pas de ciel, c'est-à-dire qu'il existait sans doute quelque part, là-haut, très haut auprès d'autres planètes ou encore plus loin, disons au-dessus d'Orel ou de Kazan'. A Paris, il n'y avait pas de ciel, il n'y avait que des nuages qui passaient tumultueusement au-dessus de nos petites têtes folles. On ne pouvait éviter de les voir, il y en avait énormément, plus qu'il n'en fallait. On se sentait si seul.

“Alexandre Evgrafovitch Barabanov sortit de la gare et se retrouva sur le terre-plein. Son cœur se mit à battre, Dieu seul sait pourquoi.

Il y avait néanmoins quelques raisons pour cela : un peu d'espoir, de la solitude, des pressentiments, le manque d'argent et puis il n'était plus de la première jeunesse. Tout cela, délicatement enchevêtré, expliquait ses palpitations.

"Alexandre Evgrafovitch resta un moment devant la gare. On aurait dit qu'il priait Dieu. Absolument pas. C'était une idée complètement inutile, parfaitement stupide qui lui était venue à l'esprit. Le vent d'automne, humide et nocif pour les rhumatismes, ne pourrait-il pas, d'aventure, m'aspirer au travers de cette gare parisienne jusqu'au train qui m'emporterait vers mes anciens parages, par Thionville (il en venait), Liège, Oujgorod, Alexandriia, les îles des Princes ? Par mers, rails, routes et rivières ? Et si tout à coup, je me retrouvais avec les cafards dans la cale d'un paquebot anglais, et que je vienne m'amarrer à la côte d'Odessa, ma dernière étape (tout avait commencé là)...

"A peine avait-elle germé dans le cerveau de Barabanov que cette impardonnable idée s'était évanouie. Alexandre Evgrafovitch se remit en marche, non à rebours mais en avant, comme on a coutume de le dire. On se demande tout de même comment les pieds peuvent porter un homme... Il descendit l'escalier, s'étonnant de la quantité de journaux en vente dans les kiosques. Il remarqua aussi le fleuriste qui se trouvait à gauche de l'arrêt du tramway. Les tramways défilaient devant lui sans indication aucune. C'est alors qu'il plongea les mains dans ses poches. Il y retint quelque chose du côté gauche, quelque chose qui avait tressailli, puis s'était calmé ; de la main droite, il palpa un bout de papier, le lut et apprit par cœur une adresse qu'il connaissait déjà, mais qui, cette fois-ci, lui sembla différente, plus neuve que la première fois où il avait pris connaissance – d'une manière disons plus platonique – de la rue, du numéro et du tramway qui y menait. Mais voilà qu'aujourd'hui, il se trouvait tout près de ce tramway et dans très peu de temps il serait dans la rue, dans l'immeuble, etc.

“Un coup de sifflet, une sonnerie, un grondement et Alexandre Evgrafovitch fut emporté vers cette nouvelle destination.

“Quelle ville, Paris ! Une indifférence totale vis-à-vis des voyageurs. Même si tu avais la science infuse, personne ne te regarderait, tous foncent sans se retourner. Même si tu avais l'intention d'étreindre la création entière, personne n'en aurait cure, pas plus que si un renard se mettait à te dévorer les intestins, comme ce fut le cas d'un célèbre petit garçon – eh bien, restes-y avec ton renard, cela n'intéresse personne. Ce n'est pas comme si tu te trouvais à Orel ou à Kazan' où les voyageurs de chez nous se divisent en deux catégories très nettes. Les uns se disent (je me souviens, j'en étais...) : Et alors, je ne vais pas, moi non plus, me mettre à vous dévisager, allez au diable, même si vous êtes beau, célèbre et Dieu seul sait combien sublime. Et en effet, pendant une heure ou deux on ne vous regarde pas. Dès votre arrivée vous tenez bon, et vous éprouvez votre volonté. D'autres, qui déjà ont pris l'habitude, au cours de leurs déplacements, d'essuyer nombre d'humiliations, vous dévisagent tant et plus. Alors tant pis, si Paris t'ignore et te piétine dans la poussière. Ton problème n'est pas mince, ton problème, c'est d'admirer la capitale du monde.

Si le sort a voulu t'y envoyer, profites-en, il ne s'agit pas de l'île de Tristan da Cunha.

"A Paris, Alexandre Evgrafovitch s'émerveillait des moindres choses, à commencer par les immeubles aux multiples enseignes pour terminer par l'ongle du petit doigt du conducteur du tramway. De tout son cœur, il évaluait le moindre détail du paysage urbain, la moindre protubérance de son aspect général. Descendu du tramway, il s'informa de son chemin qu'il poursuivit à pied. Longtemps, il demeura immobile à un carrefour (nous savons lequel), admirant le métro aérien soutenu par des socles de ciment au beau milieu de la rue. D'étranges idées l'envahirent. Elles étaient toutes d'ordre commercial.

"L'immeuble dans lequel il s'était rendu était grand et cossu. La concierge le conduisit jusqu'à l'ascenseur et pressa le bouton de l'étage. Les portes de l'appareil se refermèrent plusieurs fois sur son nez et sur ses doigts. «Tiens, pensa-t-il, pas très aimables ces portes !» En sortant de l'ascenseur, ce fut son cou qui entra en contact avec l'une d'elles. Il renvoya l'ascenseur et demeura un moment sur le palier. De nouvelles idées l'envahirent encore une fois, elles étaient toujours d'ordre commercial.

"Il entra, en retenant dans la poche gauche de son pantalon quelque chose qui avait remué un moment, mais qui, à présent, ne bougeait plus. On le pria de patienter. Il s'assit avec beaucoup de dignité et demanda un verre d'eau. L'eau lui fut apportée. Il en but cérémonieusement une gorgée et rendit le verre. Il essaya de saisir qui était la personne qui parlait dans la pièce voisine. Qui cela pouvait-il être ? Ne serait-ce pas la voix d'une petite fille de quatorze ans ? (Quatorze ans sonnés, c'est fou comme le temps passe vite.) Serait-ce la voix de la petite Lioubotchka ?

"Un monsieur entra dans la pièce, un homme d'affaires, cela se voyait immédiatement, un gros bonnet aux mains très propres, particulièrement propres, rasé de près, soigné et qui n'aurait jamais quitté cette ville parfaite, qui y serait même né.

"«Bonjour, Pavel Petrovitch, dit Alexandre Evgrafovitch en se mettant debout, droit comme un *i*. Bonjour, devant vous Barabanov.»

"Pavel Petrovitch tendit ses deux mains et effleura les épaules d'Alexandre Evgrafovitch.

"«Ah ! Barabanov. Enchanté, très, très enchan-té. Je vous ai attendu tous les jours.»

"Tous les deux s'installèrent de part et d'autre du bureau encombré de piles de dossiers, de correspondance, d'un appareil de téléphone, d'un boulier russe, d'une machine à écrire. Non, je mens, c'étaient deux machines à écrire qui s'y trouvaient sans oublier une fleur baignant dans un verre posé près de l'encrier.

"«Comment va la santé, Pavel Petrovitch ? demanda avec déférence Alexandre Evgrafovitch. Et Maria Danilovna ? Votre maman ?»

"«Tout le monde va bien, nous sommes tous en vie. Ça va, nous ne mourrons pas de faim. Et vous-même, comment allez-vous ?»

"«Nous allons bien, Dieu merci. Et Lioubotchka ?»

"«Lioubotchka aussi... J'ai pensé à votre affaire tous ces derniers jours. Très intéressant.»

"«N'ayant pas reçu de réponse à ma lettre, Pavel Petrovitch, j'ai décidé de faire avancer les choses et de me déplacer. J'arrive de province ce matin, tout spécialement pour vous parler... Et puis j'ai apporté pour Lioubotchka...»

"«Comment, ce matin même et aussitôt chez moi ? Très énergique de votre part. Discutons donc.»

"«Voilà, j'ai apporté pour Lioubotchka...»

"«Lioubotchka se porte très bien, merci. Elle est studieuse, la première de sa classe, la chère petite. Donc, réfléchissons ensemble comment nous pourrions nous constituer un joli petit magot.»

"Barabanov se concentra, remua ses doigts et se tut. Puis :

"«En ce qui me concerne, Pavel Petrovitch, je ne demande pas de commission, vous me donnerez ce que vous jugerez raisonnable. Au lieu d'une petite commission, j'aimerais pouvoir placer un petit brevet.»

"«Une invention à vous ?»

"«La mienne. Vous qui connaissez tous les tenants et les aboutissants, vous savez comment conclure une affaire. Au lieu d'une commission, j'aimerais avoir la possibilité de breveter mon invention. Mon avenir en dépendra.»

"«D'accord. Ce sera possible, ce n'est pas difficile, mais dites-moi, seriez-vous devenu un véritable homme d'affaires ?»

"«Pensez-vous, on ne le devient pas aussi facilement que cela. C'est une question de temps. Le cerveau travaille sans arrêt, c'en est même fatigant. C'est comme ce matin, en venant chez vous, une idée ou deux m'ont traversé l'esprit : par exemple, si on utilisait l'espace libre sous les lignes du métro aérien. On pourrait obtenir une concession auprès de la municipalité pour y construire des garages, des bains publics ou des commerces.

Tant de place perdue à une époque où la densité de la population ne fait qu'augmenter. Ne parlons pas des portes d'ascenseur dont le fonctionnement laisse à désirer !»

"«Doucement, doucement ! s'écria Pavel Petrovitch. Commençons par le début, par la première affaire dont vous m'avez parlé dans votre lettre. Il s'agissait de ceintures en cuivre.»

"Barabanov serra les jambes.

"«Comme je vous l'ai écrit, Pavel Petrovitch, nous avons été embauchés pour retirer les barbelés de l'ancienne ligne du front. On y a travaillé un mois, même deux, on s'était même habitués à ces barbelés. C'est alors qu'on nous a déplacés pour désamorcer des obus, toujours sous le même contrat d'embauche. Et là aussi, on s'y est faits. Je ne peux pas dire qu'on s'était pris d'affection pour les obus comme s'ils avaient été nos propres enfants, non, en tout cas on ne se plaignait pas. C'est ainsi qu'il y a de cela à peu près un mois, j'ai eu une idée d'ordre commercial. Je n'avais personne sous la main à qui faire part de mon projet. Il n'y a que vous qui sachiez comment commencer et terminer des affaires comme celle-ci.»

"«Bon, bon, continuez.»

"«L'idée était la suivante : tout obus possède une ceinture en cuivre rouge qui représente en soi une valeur, en tant qu'objet métallique bien sûr. Voilà ce que j'ai imaginé : trouver un débrouillard possédant un capital, un homme comme vous, par exemple, Pavel Petrovitch Gouttenchtam, qui achèterait toutes ces ceintures, en ferait faire la collecte (notre usine pourrait se charger de ce travail) et les vendrait ensuite au poids. Si on s'y prend bien on pourrait gagner un demi-million et moi j'obtiendrais un brevet pour ma petite idée.»

"«Qui avez-vous en vue pour mener cette affaire à bien ? Y avez-vous pensé ?»

"«Oui, j'ai pensé à tout, que c'en est même drôle. Au début, j'avais des doutes. N'y aurait-il pas quelque obstacle de la part des autorités ? Je me suis renseigné auprès de la direction pour savoir si quelqu'un aurait besoin de ces ceintures. Mais bien sûr, il est très facile de mettre une telle affaire sur pied, m'a-t-on répondu. Le ministre accordera une concession. Il paraît que le préfet se lamente, ne sachant que faire de ces ceintures ! L'autorisation des autorités sera évidemment accordée si seulement on savait comment commencer cette affaire et comment la conclure.»

"«De qui cela dépend-il, du ministère de la Guerre ou des autorités civiles ?»

"«Parfaitement, du ministère de la Guerre. Il faudrait faire les choses par ordre : collecte des ceintures, obtention de la concession. Vous louerez l'usine. Il y a là-bas une trentaine des nôtres y compris Andreï Nikanorovitch, vous souvenez-vous de lui ? Il est de Rostov. Cette année, pour l'Assomption, le prêtre est venu et a célébré une messe. Nous nous sommes abonnés à deux journaux. Cela leur donnerait du travail. Faites le compte : pas de frais de transport pour les ceintures. A Metz, tout à côté, il y a une aciérie qui vous rachètera le cuivre et qui de plus pourra s'intéresser à mon brevet. J'en suis sûr.»

"«Avez-vous des relations dans ce domaine ?»

"«Oui, parmi les couches modestes de la population. Par contre des personnes haut placées pourraient nous être utiles.»

"Pavel Petrovitch se pinça les lèvres et renifla.

“«Quel serait le montant de votre commission ?»

“Barabanov prit un air confus.

“«Je ne demande que le remboursement de mes frais de voyage. Un salaire ne m’intéresse pas. Je compte sur mon brevet pour améliorer ma situation. Mon petit brevet ne va pas trop vous surcharger de travail ?»

“«Absolument pas. Mais tout d’abord, il faut régler l’affaire des ceintures. Je vais téléphoner dès aujourd’hui à quelqu’un de très introduit. Je me renseignerai auprès de lui. Puis, je ferai un saut auprès d’une autre personne, tout aussi intéressante. Un maillon indispensable. De ces deux contacts, je ferai la moyenne arithmétique. Venez me voir demain à la même heure. Apportez-moi votre passeport et votre brevet. Si le résultat de mes interventions s’avère favorable, on enverra aussitôt votre dossier dans un département spécialisé. Quant aux ceintures, je vous donnerai un demi pour cent de la production brute. Si, toutefois, l’affaire rapportait un demi-million, je vous donnerais deux mille cinq cents. Voilà, nous ferons la moyenne arithmétique, on enverra le brevet au département et dès demain soir, nous irons sur place pour prendre connaissance de la situation…»

“Alexandre Evgrafovitch se leva.

“«… Afin de commencer et de conclure l’affaire.»

“Pavel Petrovitch se leva à son tour. Ses petites oreilles étaient en feu, roses en transparence, on aurait dit des abricots. Il se frotta les mains qui émirent un bruissement sec, rectifia son pince-nez et lissa un de ses sourcils.

“«B… bien.»

“«Je m’en vais, Pavel Petrovitch. Saluez de ma part Maria Danilovna et votre maman.»

“«Je vous remercie. Comptez sur moi. Alors à demain ?»

“«Et Lioubotchka ? Je lui ai apporté…»

“«Et Lioubotchka aussi. Elle est à l’école en ce moment. Les cours ont repris la semaine dernière. Ils se donnent bien du mal.»

“«J’ai ici…»

“«Comptez sur moi, je ferai la commission. Elle se souvient de vous. Elle a même demandé de vos nouvelles : Comment va, mon petit papa, Barabanov ? Vraiment, elle est si raisonnable.»

“«Je vous salue.»

“Barabanov marcha à reculons d’abord vers la porte la plus proche, puis vers la sortie. La serrure d’un modèle récent claqua et il se retrouva dans l’escalier. La porte se rabattit derrière lui. Dans la rue tout était silencieux. Un camion passa, l’immeuble tressaillit puis se calma. C’est alors que de la cour retentit l’appel du chiffonnier.

“Alexandre Evgrafovitch appliqua prudemment la main sur sa poche gauche. A peine s’était-il éloigné de la porte que quelque chose tenta d’en sortir, quelque chose qui menaçait de s’en échapper. Un chiot aux longues oreilles, aux pattes recourbées, à la queue alanguie et d’une race indéfinie se lovait dans sa paume. Barabanov n’avait su comment le transmettre à Lioubotchka durant son entrevue avec Goutenchtam. Lorsqu’il s’agissait de détails, Barabanov perdait tout sens de la décision.

“Ayant à nouveau caché le chiot dans sa poche, il se retrouva dans la rue. Quelle ville, Paris ! On ne pouvait ménager son enthousiasme. Une journée grise, le vent soufflait, le ciel pesait sur votre tête, un vacarme à rompre l'âme, au coin des rues l'odeur des marrons grillés se répandait.

“Barabanov ne se pressait pas. On aurait dit qu'il était sûr de lui comme il l'aurait été de son plus fidèle ami. L'idée de se procurer un abri dans quelque hôtel du genre *Caprice* ne lui était pas venue. Il avait exactement vingt-trois francs et quelques sous en poche dont dix francs avaient été empruntés de même que le billet de retour. En fait il n'avait besoin de rien jusqu'à son départ le lendemain.

“Il se promena sans trop réfléchir aux directions prises, découvrant différentes rues, des longues et des courtes, des rues commerçantes ou résidentielles. Plusieurs fois, il avait aperçu une tour au-dessus des immeubles, mais à aucun moment il ne réussit à l'atteindre, elle se déplaçait tantôt à gauche, tantôt à droite. Tant mieux d'ailleurs, car Alexandre Evgrafovitch aurait certainement tenté de l'escalader, hanté qu'il était par toutes ces spéculations d'ordre commercial et une fois là-haut de nouvelles idées auraient germé dans sa tête comme par exemple celle d'installer une réclame lumineuse tout le long de la tour ou quelque autre invention saugrenue du même genre. Il se promena également dans un grand jardin public et se demanda si le jardin était fermé la nuit ou non. La nature y était sur son déclin, les fontaines étaient taries et les feuilles ratatinées, toutes rouges, tourbillonnaient au vent, collant aux semelles, au nez des enfants et bien entendu, aux parapluies grands ouverts des nurses et des bonnes.

“A sept heures du soir, selon son habitude, Alexandre Evgrafovitch se rendit pour dîner dans un restaurant. Après avoir dépensé quatorze francs, pourboire compris, il reprit sa promenade, ayant nourri sa poche gauche de pain trempé. Le chiot semblait près d'expirer. La nuit tombait, l'atmosphère grise s'épaississait, transpercée çà et là par la lumière des réverbères. Un temps, il longea un boulevard où des bancs avaient été installés. Il s'assit, se concentra, puis alluma une cigarette.

"La journée du lendemain ne l'inquiétait pas. Son avenir non plus. Il lui suffisait de se rappeler l'air satisfait de Pavel Petrovitch Gouttenchtam pour attendre tranquillement le lendemain : le ministère de la Guerre, l'usine de Metz, l'appartement de Pavel Petrovitch, le train par lequel il était arrivé à Paris, et puis demain, il retournerait chez lui. Toutes ces idées lui trottaient dans la tête, d'abord lentement puis de plus en plus vite. Les réverbères du boulevard se mirent soudain à courir vers lui en rangs serrés, ils couraient vite mais aucun d'eux ne dépassait l'autre, ils couraient comme des perles le long d'un collier, des perles de cuivre, des ceintures rondes qui se déversaient d'un espace noir. Il n'arrivait pas à les compter. Quatre-vingt-dix-neuf et demi passèrent près de lui, une petite moitié était coincée tout près. Cette moitié était la sienne propre. Des milliers de ceintures volaient et Pavel Petrovitch disait d'une voix agréable, celle d'un citadin à l'allure soignée…

"«Il est interdit de dormir ici, dit le policier qui passait sur le boulevard.»

"Les réverbères s'étaient soudain immobilisés. Par contre, le tramway fonçait en grinçant sur les aiguillages. Barabanov croisa ses jambes de l'autre côté. Dans sa poche, le chiot émit un piaulement aigu. Il sortit le minuscule bâtard à l'air libre. Ce geste acheva de le dégourdir. Il adressa quelques mots à la petite créature, évoqua Andreï Nikanorovitch et lui promit vaguement quelque chose pour le lendemain.

"Barabanov n'avait pas trouvé un seul instant pour transmettre à Lioubotchka son cadeau, toutes ses pensées ayant été consacrées à l'isolation des courants de haute tension. A vrai dire, qui avait besoin de ces courants de haute tension ? L'isolation de ces courants, c'était une invention de Barabanov et elle avait fait l'objet d'un brevet. Son sort en dépendait, le sort d'un ancien militaire. Un papier important s'y rapportant se trouvait dans sa poche en même temps que l'adresse de Gouttenchtam, son billet de retour et son passeport de couleur mauve, le tout reposant sur sa large poitrine.

"A lui l'indépendance, en avant, marche ! Agis comme tu l'entends, envisage de nouvelles inventions !

"Barabanov releva son col. Le silence de la nuit avait envahi le boulevard. Il décida que le chiot s'était suffisamment promené et le fourra à nouveau dans sa poche. Ses pensées le ramenèrent au bureau de Pavel Petrovitch et de là à Lioubotchka.

"Elle était sûrement en train de dormir d'un sommeil d'ange après avoir lavé les taches d'encre sur ses doigts. Son réveil sonnera le matin, elle sautera au bas de son lit et s'activera dans sa chambre pour ne pas être en retard à l'école. Elle ira pour mettre sa robe, son collier de perles métalliques dont le fil se rompra, libérant les perles sur ses mains et le long de sa robe. Il faut absolument les compter. «Papa, où est passé ton Barabanov ? crie

Lioubotchka. Te souviens-tu comment il me balançait sur ses genoux à Alexandriia lorsque j'étais petite ?» Les perles continuent toujours de se répandre avec un petit bruit métallique. Ne laisse pas passer ton unique petite moitié, elle est à toi !

"«Il est interdit de dormir ici», dit le policier qui le secoua par l'épaule et s'en alla plus loin.

"«Pardon !» répondit Barabanov qui se leva et à son tour s'en alla.

"Le jour se levait au-dessus des toits, au-dessus du jardin public qui serait à nouveau ouvert on ne savait quand. Les nuages s'éclaircissaient, une petite pluie passagère s'abattit sur les maisons, sur la chaussée, sur Barabanov. La pluie cessa et le soleil parut derrière les nuages, pas chez nous, mais là-haut, très haut, près des autres planètes ou alors loin, très loin, disons par exemple à Orel ou à Kazan'. Barabanov se mit à errer dans la ville. On aurait dit qu'il avait eu son compte de sommeil, on ne pouvait rien dire de mal quant à son humeur.

"Vers onze heures du matin, il se retrouva dans l'appartement des Gouttenchtam comme cela avait été entendu. Auparavant il avait bu une tasse de café et mangé quatre petits pains, deux œufs et un sandwich au saucisson. Il s'était lavé les mains auprès d'une fontaine à un carrefour (nous savons lequel), et s'était aspergé le visage d'eau. Il lui avait fallu abandonner le chiot dans une poubelle municipale. Impossible de dire pour quelle raison l'animal avait crevé : se serait-il étouffé dans la poche de Barabanov ? Ce dernier l'aurait-il écrasé en dormant sur le banc la nuit précédente ou encore aurait-il été enlevé à sa mère trop tôt ? Barabanov sonna à la porte des Goutenchtam. Le chiffonnier criait, à nouveau, dans la cour.

“Barabanov resta debout sur le palier. Le téléphone sonna mais personne ne répondit. Il sonna à nouveau, même si l'appartement comportait cinq ou sept pièces, pourquoi personne n'entendait-il la sonnette ? Non, on accourut de loin et on criait : «Cela doit venir du bureau !» et on le laissa entrer.

“De nouveau le silence. Quelque chose d'étrange se passait derrière les portes fermées, il y avait du mouvement. On aurait dit que quelqu'un voulait entrer dans le hall mais ne le faisait pas. La porte s'ouvrit lentement et Maria Danilovna apparut se tenant au chambranle, son visage semblait gonflé, elle n'était pas coiffée. Elle avait l'habitude de porter un corset et une coiffure haute, faite de ses cheveux et d'autres qui n'étaient pas à elle.

“Elle s'arrêta et demeura immobile, le regard éteint, son visage en feu se mit à trembler.

“«Il vous avait fixé un rendez-vous, je crois ? dit-elle en se balançant d'un côté à l'autre, une femme si grande, si lourde. Barabanov, je ne croyais pas que nous allions nous revoir dans ces circonstances… il est mort, cette nuit, dans son sommeil, du cœur. Il s'était couché et puis il ne s'est pas réveillé…» Elle pleurait, ses jambes semblaient plier sous elle. Barabanov, immobile, se taisait. «Personne ne pouvait se douter qu'il souffrait du cœur. Vous souvenez-vous comme il courait et jouait au tennis ? Hier, il s'était déplacé pour vos affaires. Il y en a qui vivent jusqu'à cent ans. Il était rentré si content hier soir…»

“Barabanov dit :

“«Je vais m’en aller, je ne veux pas vous déranger.»

“Elle ne répondit pas. Les larmes coulaient sur son visage. Il se dirigea vers la porte, puis s’y arrêta un instant. Devrais-je me retourner, lui demander des nouvelles de sa belle-mère, de Lioubotchka ? Ou alors devrais-je sortir sans rien dire ? Peut-être que Lioubotchka va accourir du fond de l’appartement ? Mais personne n’accourut, de sorte qu’il décida de partir en secouant la tête comme s’il voulait saluer. Il ne savait jamais comment se comporter dans les instants décisifs.

“Soudain il se rappela les ceintures, la nuit sur le boulevard, ses rêves et aussi qu’il y était, à vrai dire, interdit de dormir.

“A propos, il avait son billet de retour dans la poche.”

C’est là-dessus que je terminai mon récit. Je crains qu’il ne soit trop long : Barabanov n’est pas un habitant de Billancourt, il n’y a donc aucune raison de décrire sa personnalité aux lecteurs. Je crains aussi qu’on ne dise que cette description est trop éloignée de celle d’un héros américain, qu’on en est à cent lieues, aussi loin que d’Orel ou de Kazan’ !

Pourtant, il ne nous a pas été donné de connaître quelque chose de plus approchant.

*1929*

# ROMANCE TZIGANE

— Gricha, buvons à la santé d'Irotchka, cette charmante Parisienne !

— Levons notre verre, Petia, à la santé d'Olga Fiodorovna, la délicieuse Parisienne !

Rue Traversière, la rue qui croise la nôtre, tout, tout près du fleuve aux eaux noires, la nuit tombe à neuf heures et se prolonge jusqu'à quatre heures du matin. C'est la tradition. A neuf heures du soir, la lune se lève derrière les maisons, évidemment pas tous les soirs, sinon personne ne le croirait, mais lorsqu'elle apparaît, grise, grasse, flasque, elle inonde de sa lumière les réverbères et les lampes rouges et orange. Superbe tableau ! Merveilleuse beauté !

Chez le Hongrois les rideaux sont tirés. Deux hommes y grattent de la mandoline et de la guitare. L'entrée est payante. Les deux musiciens jouent en l'honneur du patron qui possède deux épouses en Amérique du Sud, elles y travaillent pour lui. Il est gras et riche.

Deux femmes, mais une troisième était restée à Paris. Elle était allée se promener un jour dans la capitale, depuis on ne l'a plus revue. Elle avait des cheveux roux qui lui tombaient jusqu'au milieu du dos, une poitrine qu'aucun vêtement ne parvenait à dissimuler et sa voix avait une tonalité grave et triste. Elle était sortie pour respirer un peu l'air de Paris et n'était plus revenue dans l'établissement. La rumeur a couru que le Hongrois avait touché une prime d'assurance.

Le patron est gras et riche. Chez lui, les tables sont maculées de vin. Le joueur de mandoline et le guitariste sont assis au coin du comptoir. Ils sont sales, chevelus, leurs nez sont longs, leurs voix rauques. La salle est remplie de fumée. Une jeune femme solitaire y est assise. Elle est silencieuse et attend les clients.

— Buvons, Gricha, à la santé de Lialetchka, la charmante Parisienne !

— A la santé de Véra Dmitrievna, la gracieuse Parisienne !

Les vapeurs d'alcool embuent les vitres, les murs et les portes sont visqueux. Les voix haussent de plus en plus le ton, on se rapproche insensiblement l'un de l'autre, les cheveux humides tombent sur les yeux, les mains s'agrippent aux verres, aux chaises, aux couteaux. Deux hommes s'empoignent. Lorsqu'un meurtre a lieu, on éteint aussitôt la lumière, on expulse les clients et les musiciens, on dépose la victime sur le trottoir, on cadenasse les portes. Ça va comme ça pour aujourd'hui !

Le mort gît recroquevillé, tête nue mais revêtu de son manteau. Les passants, des gens comme vous et moi, disent : “Il a pris une cuite, c'est-y pas honteux ? Le voilà dans le caniveau, le misérable !” Le jour se lève, quelque chose vient de se déchirer dans le ciel, on ne sait trop de quel côté. Le passant, s'il n'est pas trop distrait, remarque que le visage de la victime est tout noir. Il se souvient alors de ses obligations de citoyen et d'habitant du quartier, ce qui le pousse à se rendre au café le plus proche et à y téléphoner anonymement au commissariat de police.

Klaxonnant avec fureur, un fourgon fermé se fraye bientôt un passage dans la rue et s'arrête auprès du corps. Il n'y a personne, tout est calme. La musique s'est tue depuis longtemps. Huit hommes en uniforme bleu, joyeux, gras et propres, d'honorables pères de famille, sautent sur le trottoir. Ils ne viennent jamais à moins de huit dans cette rue. C'est la règle.

De charmantes têtes apparaissent aux fenêtres des étages supérieurs. Les chemises glissent sur les épaules. Furieuses, des voix rauques s'élèvent du fond des chambres malodorantes.

La victime est emportée. Les journaux n'en parleront pas. Les habitants du quartier pourraient en prendre ombrage. Leurs locataires ne voudraient plus y vivre et les commerçants seraient obligés de fermer boutique. Par contre, celui qui a décidé de s'installer dans ce quartier continuera d'y habiter et d'y respirer la fumée. Le commerçant, lui, continuera d'y travailler à tout prix. Chez lui, la lumière brille tard dans la nuit. Les prix sont marqués sur les pirojki et les chemises. Il reste ouvert tard pour le cas où un Chinois aurait, un soir, besoin d'une cravate, où une jeune fille aurait soudain envie d'acheter un pansement.

— A la santé, Gricha, de Tanetchka, la délicieuse Parisienne !

— Buvons, Petia, à la santé de Maria Petrovna, cette charmante Parisienne !

Chez le Hongrois, à la diagonale du comptoir, des visages jaunes aux yeux bridés jouent aux osselets. En leur compagnie, les visages pâles ont du mal à respirer. Trois personnes seulement les supportent. Ce sont trois femmes maigrichonnes de petite taille, toujours les mêmes depuis des années. Si les conditions avaient été favorables, les Chinois auraient pu leur faire des enfants et aujourd'hui ces enfants seraient déjà à l'école.

A cause de ces trois-là, il arrive que des cris aigus s'élèvent autour des tables. L'un des Chinois saisit un de ses compatriotes à la gorge ; aussitôt un troisième s'interpose, suivi d'un quatrième. Ils poussent des cris brefs, saccadés, nasillards. Les portes et les fenêtres sont grandes ouvertes, il n'y a pas de rideaux. Les passants se hâtent de quitter cette rue pour se réfugier là où il fait clair, où les lampes brillent d'une manière décente, où... ils pourraient trouver quelque chose de mieux que dans cette rue.

A quelques pas, au deuxième étage, vit un jeune homme qui, à force de tousser, s'est petit à petit débarrassé d'un de ses poumons, un organe de si peu d'importance. A force de rester couché, il a des escarres. Une de ses côtes est à vif et suinte. Il n'a pas de mère et il est seul. La fenêtre est ouverte, le docteur lui a recommandé de s'aérer le plus possible. De son lit, le jeune homme regarde par la fenêtre. Il voit le cabaret où il n'y a ni mandoline ni guitare, pas plus que de visages jaunes. A vrai dire, les clients y ont le teint gris. On y entend le piano. Une femme somptueusement vêtue et d'une beauté indescriptible y chante des chansons tziganes lors des fêtes de Billancourt. Le jeune homme transpire, de ses mains il retient le seul poumon qui lui reste. Il fixe les fenêtres de ce cabaret d'une telle manière qu'on a envie de pleurer.

— Oh ! Dounia, quel est donc le collège des bords de la mer Noire où tu as laissé ton enfance dorée ?

Du haut de sa chambre, le jeune homme contemple les deux rangées de tables recouvertes de nappes blanches en papier fantaisie, les murs recouverts de papier peint rouge, le comptoir derrière lequel s'agite un aristocrate à barbichette et de haute taille. Il n'aperçoit pas le pianiste, il ne voit que deux mains qui s'abattent sur le clavier, et au mur le portrait punaisé d'un général ou d'un amiral. Il fixe le décolleté de la robe noire, le châle effiloché, les grandes mains bronzées aux ongles couleur abricot de la Tzigane.

Une telle acuité de vision, prélude à la mort, surprend le médecin qui lui soigne ses escarres, son hystérie et sa sueur, mais il ne soigne pas sa tuberculose.

— Oh ! Dounia, quand vas-tu lever tes yeux vers la fenêtre, la nuit tombée, vers deux yeux ivres d'insomnie ?

La Tzigane rythme son chant d'un talon rageur en roulant des épaules de temps à autre. Le pianiste joue des valses au son desquelles nos pères ont perdu Port-Arthur. Saisissant une rose à demi expirée qui trempe dans un verre, la chanteuse s'en frotte le bout du nez en fredonnant "troum, troum, troum", ce qui a le don de l'envahir d'une indicible tristesse et d'une grande pitié vis-à-vis d'elle-même.

Lorsqu'un client apparaît, souvent seul, plus rarement en compagnie d'une femme, elle lui jette un regard de bas en haut, puis le dévisage à deux reprises comme si elle espérait découvrir un miracle dans ce visage ingrat, et chaque fois elle éloigne de son propre visage la rose déjà fanée pour se montrer dans toute sa beauté. Puis, une fois encore, elle rejette sa tête en arrière avec une indifférence désabusée en reprenant son éternel refrain “troum, troum, troum”.

Derrière le comptoir, l’aristocrate à la barbichette se met alors à s’agiter, essuyant quelque chose d’une propreté douteuse avec un torchon qui devient de plus en plus sale. Il dévisage les clients, et sa barbichette, héritage de temps meilleurs bien que mouvementés, se met alors en mouvement :

— Qu’y a-t-il pour votre service ?

— Qu’avez-vous à proposer ?

— Du hareng à l’oignon.

— Du thé ?

— Il y en a, bien sûr.

— De la vodka ?

— Absolument.

— De…

Une minute s’écoulait. Un riche accord montait du piano, un accord long mais en sourdine.

— Auriez-vous des blinis ?

— Oh ! ne m’en demandez pas tant.

— Et du liouli-kebab ?

— Hm, hm, désolé.

— Bon, alors dans ce cas, donnez-moi un carafon (de vodka) et quelques zakouski. Quant à madame, elle désire des croquettes.

Le pianiste s’excite sur son clavier, prêt à mettre l’instrument en pièces. *Sur les volcans de la Mandchourie, Aliocha-cha, Deux guitares, Ramona, Boublitchki, Pourquoi a-t-il fallu tomber amoureux, les Yeux noirs, les Briquetiers, Ramona, Aliocha-cha.*

Pressée, la pédale vrombissait, passant des *Deux guitares* aux *Boublitchki* et transformant des mots indiscernables sans début ni fin en couplets exotiques. Pendant les quelques secondes où le pianiste, rejetant sa tête en arrière, succombait à une note par trop poignante, on pouvait entendre :

— Il existe, bien sûr, un pays où les éléphants cèdent le pas aux mouches, mais en attendant, si tu possèdes un portefeuille, serre-le bien dans ta main.

— Dites donc, les copains, vous parlez comme si j'avais beaucoup d'argent aujourd'hui.

— Et ça c'est pour vous, Ignatii Savelievitch, Bodrov a rendu les deux francs cinquante qu'il devait.

La porte s'ouvrit pour la dixième fois. Dans une bouffée de fraîcheur nocturne, un homme de haute taille entra. Il était rasé de près et portait un pince-nez. Il était vêtu d'un manteau que l'on désignait autrefois en Russie du nom de *covercoat*, son chapeau était à la dernière mode, en feutre taupé. Il était entré avec aisance et avait aussitôt pris place près du miroir. Extrayant une cigarette d'un étui en bois, il la tapota sur la table et se mit à fumer. L'étui portait une inscription en lettres dorées : "Le mariage = prison des cœurs." Par habitude, l'homme lut la phrase à l'envers, ce qui le plongea dans une méditation qui lui seyait bien.

Lorsque Dounia vit l'homme qui venait d'entrer, son regard changea, ses yeux se remplirent d'ivresse, sa bouche s'entrouvrit. Elle jeta la rose et faisant écran entre la salle et l'homme, le buste penché vers lui, elle demanda :

— Du blanc ? Du rouge ? Pourquoi n'êtes-vous pas venu depuis si longtemps ?

— Du blanc.

— Cela fait un mois que vous n'êtes pas venu. Que voulez-vous que l'on vous joue ?

— Ce que vous voulez.

— Voulez-vous que je chante pour vous ? Je pensais que vous ne reviendriez plus.

Elle demeura près de lui jusqu'au moment où son visage s'enflamma. L'aristocrate au comptoir s'affairait autour d'une bouteille au goulot étroit qui contenait du vin blanc. Sous les pas de Dounia le plancher frémit et le portrait du gouverneur oscilla légèrement.

Elle chanta comme convenu puis servit du vin sur plusieurs tables. Elle aida ensuite l'aristocrate à faire le compte des boulettes à la cosaque, des biftecks hachés, des portions de foie sauté à la hussard, tout ce qui avait été commandé et consommé (l'odeur des boulettes de viande et du foie à la hussard persistait ici même pendant le Carême). Besogne faite, libre, elle prit place à une table occupée par des gens qu'elle connaissait depuis longtemps, devenus presque de la famille. Soudain, elle bondit pour se lancer dans un fox-trot endiablé sur la musique des *Boublitchki* au bras d'une de ses connaissances, ce qui permit à l'assistance fascinée d'admirer sa silhouette. Pourtant, tout en dansant elle ne cessait de fixer l'homme au chapeau.

Il fumait immobile. Son visage était celui d'un intellectuel, d'un homme posé. Il devait aimer le bruit et les murs recouverts de papier peint rouge – laissez-moi tranquille ! –, de temps à autre il portait le verre à ses lèvres – j'en ai assez de tout cela.

— Alors, vous ne me racontez rien ?

— Que voulez-vous que je raconte ?

Elle s'assit près de lui ayant soudain oublié tout ce qui l'entourait.

— Vous étiez parti ?

— Non.

— Pourquoi n'avez-vous pas tenu votre promesse ?

— Les promesses sont faites pour ne pas être tenues.

Il réfléchit quelques instants, puis eut un petit rire.

— Qu'est-ce que c'est que ces boucles d'oreilles ? Il me semble que vous ne les aviez pas avant.

Elle se pencha vers lui. La goutte de verre couleur émeraude et cerclée d'or effleura sa joue. Elle posa sa grande main brune sur la table et fixa la veine du poignet pour voir si elle battait ou non. Sa main était parfaitement tranquille.

— Comment avez-vous dit : les promesses ?...

Il sourit mais ne répondit pas.

— Vous avez quelqu'un en ce moment ?

— Quand il y a de l'argent, Dieu envoie toujours quelqu'un.

— Alors, pourquoi êtes-vous venu aujourd'hui ?

Il jeta un regard de satisfaction autour de lui.

— J'aime observer. J'ai toujours aimé cela. Billancourt n'est pas Paris. Billancourt est unique au monde. Très intéressant à étudier. Vous, par exemple. Pourquoi ne pas s'informer ?

Elle le fixait entre les sourcils avec une expression peu amène sur le visage.

— Je vous dois combien ? demanda-t-il.

Elle bondit de sa chaise et griffonna l'addition avec un bout de crayon sur la nappe en papier. Il paya, se leva et sortit. Elle porta l'argent à l'aristocrate sans se soucier du rythme du piano puis se drapa dans son châle et sortit à son tour.

L'homme marchait droit le long du trottoir, il avançait vite en balançant sa canne. Il allait en direction de la ville. A vrai dire toutes les directions sont bonnes chez nous.

Au loin, très loin, derrière les volets fermés de la maison du coin, des ouvriers polonais chantaient en chœur leur hymne national.

Les étoiles étaient accrochées dans le ciel, la lune se déplaçait lentement devant elles, une lune couleur d'étain, une lune qui n'intéressait personne. Derrière les murs de briques d'une maison en construction, un homme et une femme se disputaient. Les rues étaient vides. Dounia marchait silencieusement. Elle vit l'homme tourner dans une autre rue. A l'opposé, un tramway, invisible mais bruyant, passa.

De sa fenêtre du deuxième étage, le jeune moribond l'observait. En se hissant, il pouvait apercevoir cette partie du trottoir sur laquelle Dounia s'était immobilisée dans un rayon de lumière. Dans la rue elle lui semblait toujours plus petite que lorsqu'elle se déplaçait entre les tables de l'estaminet. Là-bas, elle semblait respirer la santé et le plancher devait craquer sous son poids. Tandis que maintenant, emmitouflée et suivant du regard l'homme qui s'éloignait, elle paraissait jeune, légère et vulnérable.

Le jeune malade connaissait tout de ce qu'il apercevait de sa fenêtre grande ouverte, l'étoile la plus proche dont il savait, bien sûr, le nom ; la cheminée au-dessous d'où s'échappait une fumée bouillonnante à l'heure du déjeuner ; il n'ignorait rien du trottoir recouvert de crachats et d'autres choses pires encore. Une rue où il n'était possible de dormir que le jour. Mais lui, il ne pouvait dormir sans faire des cauchemars et quand cela lui arrivait, sa propriétaire montait le réveiller, car dans son rez-de-chaussée obscur, elle ressentait comme un malaise quand elle l'entendait délirer.

Dounia marchait le long de la chaussée. L'air du soir était tiède, on était au printemps. Quelque part, tout près, sans doute dans la cour de l'école communale, des fleurs s'épanouissaient. On apercevait les arbres par-dessus le mur d'enceinte, la rue y était pavée, ce qui évoquait quelque chose à notre homme. Cela arrive lorsque vous parvient le lent parfum du printemps et que fleurit l'acacia blanc. Si tout est silence et tristesse, s'il n'y a personne, c'est alors que le souvenir d'une certaine ville de province remonte en force. A chacun la sienne.

Maintenant Dounia courait presque, comme avait dû courir en cet endroit la troisième femme du Hongrois. Elle avait voulu se promener, respirer un peu, regarder autour d'elle. Où est la rivière ? le cinéma ? l'endroit où l'on vend des boutons ? Elle était sortie très digne et puis elle s'était aussi mise à courir presque, ensuite elle avait tourné au coin de la rue – et fini. On a dit plus tard qu'une jeune femme rousse avait été repêchée dans le fleuve mais ce n'était pas à Billancourt. On a dit aussi que dans une maison chic, bien connue, on avait vu une jeune femme qui lui ressemblait, mais celle-ci jurait ne pas comprendre le hongrois.

Ayant tourné au coin de la rue, Dounia ne s'arrêta pas, au contraire, elle pressa le pas aussi vite qu'elle le put, en direction du quai.

— Ecoutez, cria-t-elle, je dois vous parler.

L'homme à la canne s'arrêta. De ses deux doigts il toucha le bord de son chapeau de feutre taupé. C'était un homme bien élevé, visiblement cultivé.

Dounia traversa la rue et s'arrêta près de lui, tout près d'un petit sentier ombragé qui surplombe le fleuve. L'eau ruisselait et scintillait. Il était évident que Dounia n'avait pas eu le temps de réfléchir comme il le fallait. Elle voyait l'homme devant elle et tremblait des pieds à la tête – rien d'autre.

Il voulut lui demander quelque chose ou bien fit semblant. Elle eut un mouvement et il devina qu'elle allait lui cracher au visage. Il lui saisit la main pour s'assurer qu'elle ne cachait pas quelque objet dangereux mais il n'y avait rien.

— Toi, alors ! dit-il méchamment, et il la gifla.

Elle le décoiffa, le dépouilla de son pince-nez et s'agrippa à ses cheveux qui étaient abondants et agréables au toucher.

— Va-t'en au diable, cria l'homme doucement.

Elle ne tomba pas, s'étant heurtée à l'arbre.

Il marcha vers elle en écrasant le pince-nez qui gisait sur le sentier et la traîna le long de la pente vers l'eau. Il voulait s'en aller. Elle le poussa, mais il la retint. Elle le poussa encore une fois dans la poitrine. Il la lâcha en jurant, des insultes qui surprenaient chez cet homme : un homme aussi respectable et qui parlait ainsi.

Le jeune homme du deuxième étage se tendait de plus en plus vers la fenêtre, à en faire craquer ses os. Il savait quelles étaient les limites de son observatoire et rien ne servait de râler contre Dieu tant et plus. Le bruit des voix, de la vaisselle, de la musique montait jusque chez lui. D'en bas lui parvenaient les chants, le piétinement des danses, le son du piano, le tintement des verres, les aboiements des chiens qui se réveillaient dans les cours, les miaulements des chats sur les toits.

Le moindre attouchement le faisait souffrir. Il se contentait d'écarter les bras et de transpirer. Rassemblant ses forces, il se saisissait parfois d'une serviette posée à la tête de son lit et s'essuyait le front, la nuque, la poitrine et ses paumes humides. Exténué, il devait alors se reposer quelques minutes, les yeux fermés. Puis à nouveau il contemplait le pianiste sans tête, les deux rangées de tables non desservies et le portrait (Dieu sauve le tsar !) du gouverneur général. Soudain, un coup de feu retentit. Une fusillade à la veille d'une fête n'étonne pas. Il n'y a personne chez nous qui puisse s'en émouvoir. Le coup de feu ne fit pas trop de bruit, sans doute quelque ivrogne, du côté du port, qui avait tiré sur un réverbère. Ils aiment ça.

Dounia longeait la rue Traversière, mais cette fois elle était sur le trottoir. Elle est vraiment solide, Dounia, lorsqu'elle marche cela s'entend. Elle portait son châle effiloché à la main, il était en lambeaux. Pourtant Dounia avait l'air convenable, c'est-à-dire qu'elle avait son air à elle, indécent. Elle avait eu le temps de reprendre ses esprits.

Un peu avant la porte, elle s'arrêta, sans doute pour se remettre complètement. On la regardait de l'hôtel d'en face, mais elle ne s'en rendit pas compte. L'hôtel est comme notre hôtel *Caprice* mais celui-là s'appelle, semble-t-il, *Surprise*. C'est une maison normale où l'on dort.

Des Italiens surexcités, se tenant par le bras comme pour une attaque, passèrent dans la rue. Ils s'efforçaient de chanter à trois voix en braillant des *sole, mare, amore*, et tout ce qui leur passait par la tête. Certains d'entre eux imitaient divers instruments avec leurs lèvres, une sorte d'orchestre vocal accompagné de postillons. Dounia attendit qu'ils s'en aillent.

Le jeune homme du deuxième étage avait, lui aussi, attendu pour dire :

— Vive le regard enchanteur des yeux étincelants. Je ne crains ni la torture ni les lourdes chaînes.

Dounia tressaillit et leva la tête. C'est seulement alors qu'elle eut envie de pleurer.

— C'est vous, Senitchka ? Pourquoi me faites-vous peur ?

Elle ne voyait pas d'où venait la voix.

— Non, ce n'est pas Senitchka, dit doucement et avec une frayeur nostalgique la voix venant de la fenêtre. Qui est ce Senitchka ? Vous attendiez Senitchka ? Non, je ne suis pas Senitchka. Vous vouliez Senitchka ?

Un silence plana dans la rue. L'homme et la femme qui s'étaient disputés au pied de la maison en construction dormaient enlacés par terre sur des planches déposées la veille et donc sèches.

Venant du fleuve, le vent se levait, apportant les odeurs d'une ville endormie et heureuse. Le vent soufflait avec ruse, avec finesse, tantôt étouffant, tantôt attirant, tantôt encore avec une fraîcheur nocive, de celles qui affaiblissent, qui provoquent les songes, les rêves et toutes les griseries. Il faudrait lui défendre de souffler ainsi sur nous. Mais comment se passer de Paris ? Impensable, puisque l'âme se précipite à la rencontre de ce vent avec tant de joie.

— Buvons, Gricha, à la santé de Genitchka, la charmante Parisienne !

— Buvons, Petia, à la santé de Klavdia Danilovna, cette délicieuse Parisienne !

Quelqu'un se fit servir un troisième carafon. Dounia était revenue vers les tables, vers l'aristocrate et vers la rose. Ici, on l'attendait. Pendant qu'elle courait les rues, un chœur de tous ceux qui lui étaient si proches s'y était formé. Il ne manquait plus qu'elle.

— Buvons, Gricha, à la santé de la charmante… de la charmante Parisienne !

*1930*

# LA PETITE ÉTRANGÈRE

Anastasia Guiorguievna Seïantseva vivait à Billancourt depuis la nuit des temps, en tout cas au moins depuis neuf ans. Elle était arrivée alors qu'on venait de terminer la construction de l'hôtel *Caprice*. Elle fut la première à s'y installer, c'est pourquoi le propriétaire du *Caprice* lui offrit une prime : un vase en marbre incassable qu'elle prit par une de ses anses et qu'elle posa sur sa cheminée.

Elle se souvenait comment étaient arrivés les premiers hôtes étrangers place Nationale. Ils s'étaient assis par terre, les enfants à moitié nus pleuraient, les femmes non débarbouillées, décoiffées, jambes nues et couvertes de guenilles jetaient des regards apeurés autour d'elles. Les hommes, barbus, sombres, vêtus de capotes de l'armée anglaise*, étaient assis près de leurs misérables bagages qu'ils ne quittaient pas des yeux, bagages qui avaient transité par toute l'Europe et d'où émergeaient des théières, des icônes et des souliers.

Les habitants de Billancourt les avaient d'abord pris pour des romanichels, puis après de longs débats sur les peuples d'Orient,

* Les Anglais avaient fourni des vêtements à l'Armée blanche en déroute lors de son évacuation. *(N.d.T.)*

il fut décidé qu'il s'agissait de Polonais, mais il s'avéra que les affamés ne pratiquaient pas la religion catholique. C'est alors que l'on comprit que les malheureux étaient des Serbes, un peuple condamné à boire la coupe jusqu'à la lie et à être l'objet de toutes les humiliations.

Enfin des journalistes parisiens, munis de carnets, de crayons et d'appareils photographiques, vinrent à Billancourt et déclarèrent (eux, ils savaient) qu'il s'agissait d'Arméniens qui avaient fui Trébizonde, traversé la Mésopotamie et étaient arrivés à Billancourt pour aider *moussiou* Renault.

Les bistrots du coin offrirent des bols de bouillon KUB et des tranches de pain à ces pauvres gens. Les enfants s'accrochaient des deux mains aux jupes de leurs mères et les mères, à leur tour, agrippaient les bols de bouillon.

— Vous êtes arméniens ? leur demandait-on. Mais ils hochaient la tête et remerciaient.

Un jour, Anastasia Guiorguievna Seïantseva vint à passer devant eux. Elle était arrivée un mois auparavant et depuis, elle n'était presque pas sortie de l'hôtel *Caprice*. Lorsqu'elle les vit, elle s'étonna :

— Pourquoi est-ce que ces gens qui manquent d'hygiène sont assis par terre alors qu'il y a des bancs sur la place ?

On lui répondit qu'ils étaient gênés de le faire.

Elle s'approcha d'une des femmes, qui berçait un nouveau-né, le passant d'un bras à l'autre. Elle venait de le nourrir et était encore toute dépoitraillée. L'enfant avait dû naître une semaine plus tôt et n'avait, sans doute, pas encore été déclaré à la mairie de Billancourt.

La jeune mère lui chantait doucement une berceuse :

*Titatachki, titatou,*
*To na etou, to na tou**.

Anastasia Guiorguievna contemplait ce sein qui avait transité par toute l'Europe, lorsqu'elle sentit que quelque chose de tiède venait d'envahir ses yeux, débordait de ses paupières et coulait sur ses joues. Elle craignit qu'on ne la vît. Elle se rendit chez les bistrots, sortit de son sac à main la petite somme qui s'y trouvait et demanda qu'on ajoute un petit morceau de viande dans chaque bol de bouillon KUB.

L'étonnement fut général. Comment, ce sont des Russes ? De vrais Russes ? Qui aurait pu penser ?

Sous le régime tsariste, Anastasia Guiorguievna avait été une coquette pleine d'entrain. Elle avait été mariée, mais son mari n'avait jamais beaucoup compté pour elle. Ce qu'elle aimait avant tout, c'était de voyager seule ou avec une amie. Elle aimait faire des rencontres dans les trains et les villes d'eaux ; elle aimait la toilette, les promenades, aller danser. Elle préférait les fleurs aux fruits, mais elle s'accommodait de ces derniers à l'occasion. Elle prenait des cours de chant à Saint-Pétersbourg où elle passait les hivers. Elle pianotait, et durant les deux années qui précédèrent la guerre, elle ne prêta aucune attention à son époux, si discret, parce qu'elle avait jeté son dévolu sur l'écrivain Leonid Andreïev, le pourchassant, lui envoyant des lettres de menaces, l'attendant des nuits entières au point que le pauvre homme

* L'équivalent de "Fais dodo, l'enfant do". *(N.d.T.)*

faillit tomber dans ses rets – mais fut sauvé de justesse*.

A l'époque, elle s'habillait hors de toute mode, une boucle de ses cheveux lui tombait entre les deux sourcils, elle s'enroulait, s'emmitouflait et se drapait dans des vêtements sans forme qui parfois laissaient apparaître une épaule. En un mot elle était une véritable énigme. Et pourquoi pas, quand on a de l'argent ?

En raison de sa haute taille, de son incroyable maigreur et de son goût pour différentes poses qu'elle prenait en société et dans le monde, on pouvait la confondre avec une draperie, surtout lorsqu'elle se trouvait près d'une fenêtre ou d'une porte. On était tout surpris d'entendre cette draperie se mettre soudain à éclater de rire ou à sangloter. Elle se levait ensuite pour frapper quelques accords au piano et c'est alors qu'on pouvait voir ses pommettes roses et la boucle de cheveux qui lui barrait le front entre les deux sourcils. Nombreux furent ceux qu'elle séduisit.

Ce qui était advenu d'elle depuis le début de la révolution, et son apparition trois ans plus tard à Billancourt, cela reste un mystère. On disait, mais peut-on empêcher les gens de parler ? que son mari avait été fusillé, que son argent, sa maison, ses instruments de musique, ses broches et ses épingles avaient été confisqués et qu'elle avait dû fuir à travers toute la Russie jusqu'à la mer Noire où elle avait souffert de la faim, du froid, de la gale et des poux. C'est une tout autre personne qui débarqua dans les Balkans après avoir traversé la mer Noire.

* Leonid Andreïev, 1871-1918. *(N.d.T.)*

Elle était âgée d'une quarantaine d'années en 1920, mais elle en paraissait beaucoup plus. Elle ne s'éternisa pas dans les Balkans, mais arriva à Paris où elle trouva que la vie était très chère. Elle décida de s'installer près de la capitale. On disait qu'elle avait encore un peu d'argent, mais peut-on empêcher les gens de parler ?

On ne peut pas dire que son intuition lui avait prédit un avenir glorieux à Billancourt. Elle s'y était trouvée par hasard. Ayant aperçu un hôtel, elle y avait pris une chambre, puis ayant reçu un vase, elle s'y était tenue coite.

Lorsqu'elle sortait place Nationale, c'était une femme maigre qui avait conservé sa haute taille, elle portait un long manteau noir d'une coupe masculine et un petit chapeau informe en tissu qui laissait échapper sur les côtés et sur la nuque des cheveux mi-roux, mi-poivre et sel. Elle gardait ses mains gantées de filoselle sur sa poitrine, serrant sous son bras un sac en cuir roussi, vestige des temps meilleurs. Ses pieds, qu'elle avait assez grands, étaient chaussés de souliers plats vernis avec un grand nœud comme en portent les dandys lorsqu'ils arborent une tenue de soirée. Elle se tenait toute droite en marchant. Son visage au teint gris jaunâtre était recouvert de petites rides, seules ses pommettes étaient légèrement roses. Ses lèvres étaient toujours pincées, son regard aigu.

Il y avait peu de choses dans sa chambre. Le portrait d'un moustachu en jaquette trônait dans un cadre fantaisie ainsi que, non débouchés, quelques flacons d'encre. Un miroir à main en argent, deux pots de pommade et une grande boîte ronde contenant du talc étaient posés sur la cheminée. Il arrivait souvent à Anastasia Guiorguievna de prendre le miroir et de s'y examiner. Ce n'était pas le fait d'avoir changé au delà de toute commune mesure qui la troublait, ni que les épreuves endurées ces dernières années l'avaient vieillie, non, c'était surtout que l'échéance prochaine d'une mort solitaire la menaçait. De cela elle était sûre.

Déjà en Bulgarie, elle avait appris qu'elle était malade et qu'elle ne pourrait pas guérir. Son côté droit la faisait souffrir toutes les nuits. Le médecin qu'elle avait consulté avait fait le lien entre son côté et ses reins. Elle savait que seule une opération pourrait la soulager, mais elle ne voulait l'envisager à aucun prix. Elle savait qu'un jour viendrait où elle serait incapable de se chauffer de l'eau, que viendrait une nuit où personne ne serait là pour lui fermer les yeux et qu'alors viendrait une solitude éternelle où personne n'irait sangloter sur sa tombe envahie de ronces.

Assise tranquillement dans sa chambre devant le vase incongru, elle calculait l'âge qu'auraient eu son fils et sa fille si, au temps du régime tsariste et de sa chambre à coucher, elle n'avait refusé d'avoir des enfants. Et l'âge qu'auraient eu ses parents, s'ils avaient été encore en vie, et sa sœur… mais là elle interrompait ses calculs : sa sœur vivait, elle l'avait vue, mais toutes les deux ne s'étaient pas réjouies de la rencontre.

Un mois après son arrivée à Billancourt, Anastasia Guiorguievna avait trouvé une occupation : elle cousait des yeux de verre sur des animaux en peluche. Elle leur ajoutait, selon le cas, des moustaches, des griffes et une queue. C'était un travail propre et pas humiliant. Par contre, une odeur désagréable de colle et de peluche flottait dans sa chambre. En un mot l'amalgame de l'homme et de la bête.

Les années passèrent. Ceux qui avaient été nourris au sein sur la place Nationale furent envoyés à l'école ; les hommes, qui avaient rasé leur barbe, avaient acquis un comportement passablement chevaleresque (les dimanches). Billancourt changeait, oscillant d'un côté ou de l'autre tel un brin d'herbe entre les mains commerçantes de *moussiou* Renault. L'hôtel *Caprice* afficha complet. On se mit à parler, marcher, faire du bruit et jouer de la balalaïka dans le voisinage d'Anastasia Guiorguievna. Mme Klava entreprit de piquer à la machine et Semion Nikolaïevitch Kozlobabine fit prospérer son épicerie au coin de la rue.

Anastasia Guiorguievna reçut un jour, au courrier de l'après-midi, une lettre d'un général Tverdotroubov jusqu'alors totalement inconnu d'elle :

"Madame,

Permettez-moi de venir troubler votre tranquillité et de vous annoncer une triste nouvelle. Votre sœur, Ekaterina Guiorguievna Briantsovitch, est morte d'une attaque cardiaque la semaine passée. Sa dernière volonté, saisie par l'oreille attentive d'un cœur aimant, fut la suivante :

*a)* me transmettre la propriété de son appartement en tant que conseiller et ami très proche ;

*b)* vous confier sa fille Ekaterina, âgée de treize ans, qui est votre unique parente par le sang.

J'espère, bien chère madame, ne pas avoir soulevé quelque litige entre nous deux puisque l'appartement fut ma propriété dès le début.

Ayez l'obligeance de m'informer de la date à laquelle vous viendrez chercher votre décédée (rayé et remplacé par nièce) afin d'accomplir la dernière volonté de notre chère nièce (rayé et remplacé par décédée).

Je reste à votre service.

Alexis Tverdotroubov, général d'infanterie."

Anastasia Guiorguievna pâlit, son teint vira au gris et elle eut beaucoup de difficulté à atteindre la chaise. Une sorte de joie l'avait envahie au début, puis une terrible inquiétude lui succéda pour ne plus l'abandonner : à quoi bon s'être habituée toutes ces années à sa féroce solitude, à quoi bon s'être familiarisée avec l'idée des yeux ouverts pour que soudain tout soit anéanti : les souvenirs de la coquette pleine d'entrain et les habitudes prises par une future moribonde. Elle n'avait jamais aimé sa sœur, elle ne l'avait vue qu'une seule fois en dehors de Russie et cette rencontre les avait laissées indifférentes.

Toute la soirée, elle arpenta sa chambre, ne sachant que faire. L'image d'une petite inconnue et d'un général d'infanterie ne cessait de l'importuner. D'après sa lettre, le général lui paraissait d'une sobriété toute relative. Elle ne dormit pas de la nuit. Au réveil, elle décida de ne rien entreprendre et de ne pas s'inquiéter, mais d'aller y voir. Elle écrivit au général qu'elle avait l'intention de se rendre à Paris le dimanche suivant à trois heures de l'après-midi. Un point c'est tout.

Il arriva que le samedi, son expédition à Paris se trouva annulée : le matin, vers neuf heures, alors qu'elle s'apprêtait à aller chercher du travail à l'atelier, on frappa à sa porte. Anastasia Guiorguievna était déjà habillée pour sortir, mais elle n'avait pas eu le temps de mettre son chapeau (ses cheveux se séparaient d'eux-mêmes en une large raie laissant fortement transparaître l'occiput).

Une jeune enfant, assez grande de taille, le visage couvert de taches de rousseur, aux sourcils presque inexistants, à la grande bouche, maigrichonne, et un paquet sous le bras, entra dans la pièce.

— C'est moi, dit-elle. J'ai voulu vous éviter le déplacement. Bonjour, tante !

Tante ! Anastasia Guiorguievna, une tante ! Pour la première fois de sa vie, elle était une tante. Un jour, une marchande des quatre-saisons, qui vendait des bananes sur la place Nationale, l'avait apostrophée : Eh ! Doucement, tantine. Vous ne voyez pas qu'il y en aura assez pour tout le monde, et même qu'il en restera pour *moussiou* Renault ?

— Bonjour, dit Anastasia Guiorguievna. C'est tout de même étrange que vous ne m'ayez pas attendue.

La petite fille eut l'air confuse, mais se força à répondre aussitôt en la regardant droit dans les yeux :

— Je ne voulais pas que vous voyiez comment nous vivons.

— Ah ! oui, et comment vivez-vous ?

— D'une façon anormale, les gens ne vivent pas comme cela. Tverdotroubov est constamment ivre et il amène toutes sortes de gens. Une saleté incroyable. Je passe mes journées à nettoyer, et lui, il ne m'aide jamais.

— Un général d'infanterie, se laisser aller ainsi !

— Il n'est absolument pas général. Il a tout perdu aux courses.

Le fait que Tverdotroubov n'était pas un général permit à Anastasia Guiorguievna de reprendre ses esprits.

— Asseyez-vous, dit-elle. Il y a une drôle d'odeur ici. Je vais ouvrir la fenêtre. Vous savez, je ne suis pas habituée. Je suis devenue une sorte de vieille fille.

— Moi aussi, je suis une sorte de vieille fille, dit l'enfant et elle s'assit.

Elle portait un manteau couleur rouille avec un col de fourrure noire, un chapeau noir et des bas noirs côtelés sur ses longues jambes qu'elle croisa sous la chaise.

Elle avait l'air d'une personne qui venait de prendre une décision. Elle écarquillait ses petits yeux sombres, son visage était pâle et elle serrait ses mains rouges d'avoir fait tant de lessives. Elle avait posé son paquet enveloppé de papier journal par terre près d'elle.

Anastasia Guiorguievna se tenait toujours immobile au milieu de la pièce.

— Et maman ? dit-elle d'un air hésitant.

— J'ai enterré maman comme il se doit. Elle est morte subitement, personne n'avait prévu. Elle venait de laver par terre et elle est morte.

— Elle voulait que vous déménagiez chez moi ?

— Non, c'est Tverdotroubov qui a tout inventé. Il m'a dit qu'il valait mieux que je ne reste pas chez lui puisqu'il y avait une possibilité de se débarrasser de moi. Ce n'est pas un méchant homme, il est seulement anormalement soûl.

Anastasia Guiorguievna écoutait. Tout cela lui paraissait incroyable.

— Et sale avec cela. Lorsqu'il rentrait, il jetait tout autour de lui. Surtout lorsqu'il était furieux. Furieux, parce qu'il ne voulait écouter personne. Je lui avais pourtant dit, dimanche dernier, qu'il n'y avait que les imbéciles pour parier sur Tip-Top-Teppi. Il fallait jouer sur Anatole France, sinon on y perdait ses derniers sous. Il n'a fait qu'à sa tête et il a parié sur Tip-Top-Teppi qui est arrivé troisième tandis qu'Anatole France a fait soixante-douze francs pour cinq francs.

Anastasia Guiorguievna eut comme un pincement au cœur.

— Approchez et embrassez-moi. Et elle détourna la tête.

L'enfant s'approcha et l'embrassa, rapidement, presque sans l'effleurer des lèvres. Sa tante la prit par les épaules.

— Vous n'allez pas vous ennuyer sans votre mère ?

— Non.

— Et sans Tverdotroubov ?

— Il n'en vaut pas la peine.

— On s'accommodera toutes les deux, n'est-ce pas ? Tout est dans l'habitude.

— Bien sûr, dans l'habitude.

Anastasia Guiorguievna se pencha vers l'enfant et elle sentit sa respiration mais elle ne tressaillit pas.

— Vous allez travailler avec moi et vous dormirez dans cette chambre. Si vous avez besoin de quelque chose, alors il faudra me le dire.

— Je vous remercie, je n'ai besoin de rien, j'ai tout ce qu'il faut. Et elle jeta un regard sur le paquet qui se trouvait sous la chaise.

Anastasia Guiorguievna ne savait pas parler aux gens et l'enfant ne l'importuna plus avec les poignants épisodes de sa vie. Elle avait confiance en son destin. La nuit, lorsqu'elle dormait, l'expression déterminée de son petit visage ne changeait pas. Le matin, en silence, elle faisait le ménage de la chambre (elle dormait sur trois chaises assemblées), puis courait chercher du lait et une brioche.

Anastasia Guiorguievna profitait de son absence pour se lever. Elle ne se levait jamais en présence de l'enfant et le soir, elle se couchait dans l'obscurité la plus complète. Ensuite, toutes les deux prenaient place l'une en face de l'autre et se mettaient à coudre les yeux aux singes et aux lapins. Elles faisaient de même après le déjeuner et ainsi jusqu'au soir. Avant le dîner, la petite allait porter leur travail à l'atelier (il n'était pas loin). Le soir, pendant qu'Anastasia Guiorguievna ravaudait de vieilles jupes, elle sortait et courait le long des rues, sautillait sur la place, on aurait dit que quelque chose d'essentiel lui faisait défaut.

La plupart du temps, Anastasia Guiorguievna se taisait et réfléchissait. La petite avait les doigts agiles, elle savait tenir une aiguille et soufflait dans son dé avant de l'enfiler. Elle arpentait sa chambre, toussant parfois, le poing sur la bouche. Quel que soit l'endroit où se posait son regard, partout elle voyait la petite, elle lui trottait constamment dans l'esprit.

Anastasia Guiorguievna constatait tous les jours combien il lui devenait de plus en plus difficile de se déplacer, elle avait des vertiges, des poussées de fièvre, elle avait tout le temps envie de dormir. La présence de la petite avait peu à peu changé le cours de ses pensées. Estompés, les souvenirs d'une agréable solitude, de sa vie légère de coquette, ils étaient remplacés par de folles considérations sur la prolifération des ronces.

La petite savait préparer la kacha sur le réchaud à alcool, piquer les pommes de terre d'une fourchette pour voir si elles étaient à point et les saler comme il fallait. Deux assiettes et une tasse supplémentaires avaient été achetées. Après trois années de famine, de gale et quelques années à Billancourt, Anastasia Guiorguievna était devenue indifférente au confort matériel, elle n'y tint pas non plus au cours de sa longue maladie. Elle ne s'attachait ni aux choses ni aux gens.

Les journées s'écoulaient uniformes. Aujourd'hui, Anastasia Guiorguievna poussera un soupir en prenant son travail, demain ce sera au tour de la petite de se souvenir, au cours de leur repas du soir, de quelque chose, la cuiller à la main, ou bien encore de jeter un long regard vers la rue tout en mordillant son fil, la rue où il y avait du bruit, de la misère et sur laquelle le crépuscule descendait. Les jours passaient et les semaines aussi. Les dimanches, c'était pareil, sauf qu'on ne travaillait plus pour l'atelier, mais pour soi. On lavait, en raccommodait, l'eau du robinet coulait, les ciseaux cliquetaient et le fer à repasser chuintait.

Anastasia Guiorguievna ne sortait plus, ni dehors ni sur la place où le vent soufflait et où il pleuvait. Elle ne mangeait presque plus. Les douleurs au côté ne cessaient plus, il lui fallut arrêter de travailler. Maintenant, la petite s'attablait seule pour les repas tandis qu'Anastasia Guiorguievna restait au lit en silence et réfléchissait.

Elle réfléchissait, entre autres,. au fait qu'elle ne ressentait aucune irritation des nerfs dont lui avait parlé son médecin des Balkans. Malgré la douleur, il lui arrivait parfois d'éprouver un certain bien-être qui ne provenait pas de son passé, mais de l'époque présente.

La petite étrangère s'approchait d'elle, de temps en temps, lui prenait la main, ouvrait ou fermait les volets, chauffait de l'eau, une petite lueur bleue brillait sous le réchaud et la bouteille qui avait autrefois contenu du vinaigre (par qui et comment avait-elle atterri là ?) passait des mains de la petite sous l'édredon rouge.

Parfois un médecin faisait son apparition et injectait un calmant et lorsqu'il partait, Anastasia Guiorguievna s'endormait. C'est alors seulement, tard dans la nuit, que la petite s'endormait, non plus sur les chaises, car elles "craquaient anormalement", mais cette fois à même le sol.

Lorsqu'il fallait de l'argent, Anastasia Guiorguievna tirait de sous son oreiller son sac à main graisseux et payait. Elle en donnait aussi un peu à la petite, qui se demandait quand cette mystérieuse provision allait s'épuiser et si jamais elle venait à tarir, ce qu'elle ferait avec la malade si maigre et si longue.

Une nuit, la malade se réveilla après sa piqûre et sentit que le temps était venu de parler à la petite. Elle vit la chambre autour d'elle, le vase dans un clair-obscur, la table avec le portrait dans son cadre fantaisie et accroché à un clou sur la porte, son propre manteau de coupe masculine. Dans le silence de la nuit, elle entendit sonner les sabots d'un cheval et le bruit des roues des chariots lourdement chargés, car il arrive que chez nous, à Billancourt, les éboueurs organisent parfois entre eux des courses à qui dépassera l'autre. Il faisait chaud dans la chambre. Il y avait si longtemps qu'elle appréhendait une telle nuit, mais maintenant, elle n'avait pas peur. Il n'y avait personne ?... Si, il y avait justement quelqu'un.

— Vous dormez ? demanda-t-elle.

La petite sauta sur ses pieds.

— Approchez, j'ai quelque chose à vous dire.

La petite approcha.

— Je me sens inquiète.

— Mais non, mais non, il ne faut pas.

— J'ai peur de souffrir, les derniers jours, et de ce qui arrivera après, et comment vous pourrez vous arranger. Ne retournerez-vous pas chez Tverdotroubov ?

— Ecoutez-moi, dit la petite. Je ne vais pas parler fort. Vous ne devez pas vous inquiéter à mon sujet, je resterai à l'hôtel *Caprice*. Je vais entrer chez Mme Klava comme petite main. Il y a ici une Mme Klava, vous avez entendu parler d'elle ?

— Non.

— Ce n'est pas normal. Elle est couturière. Il y a longtemps qu'elle veut m'avoir. Alors, vous voyez, je suis casée. Vous ne devez pas craindre de souffrir. On viendra vous faire une piqûre, nous ne sommes pas à la campagne. Et ce qui arrivera après, je donne mon doigt à couper, ce sera très facile.

— Comment très facile ?

— Mais comme ça. J'ai vu comment maman est morte. Elle avait lavé par terre – et puis voilà.

Anastasia Guiorguievna prit la main de la petite entre les siennes.

— J'ai peur de vous effrayer, vous allez me laisser seule. Vous êtes si jeune.

— Rien du tout, je sais tout faire. Tverdotroubov était parti dès le matin ce jour-là, il s'en fichait. J'ai tout rangé, j'ai couru faire la déclaration au commissariat, au bureau des pompes funèbres où j'ai marchandé.

— Vous saurez me fermer les yeux ?

— En voilà une affaire !

Anastasia Guiorguievna relâcha la main de la petite et se reposa quelques instants.

— Maintenant, passez votre main entre mon matelas et le sommier. Plus loin. Vous sentez ? N'y touchez pas pour le moment. Lorsque je serai morte, prenez-le et cachez-le. Ce sera pour vous.

La petite retira sa main.

Anastasia Guiorguievna eut soudain envie de boire un thé léger sucré. La petite fit bouillir de l'eau et sans allumer la lumière, elle prépara l'infusion. Elles burent doucement leur thé dans l'obscurité et ne reparlèrent plus jamais de rien. Des taches claires et obscures apparurent çà et là dans le ciel gris fer. Il était six heures du matin.

Lorsque Anastasia Guiorguievna mourut (au cœur de la nuit par mauvais temps), la petite retira aussitôt de sous le matelas un petit sac en daim dans lequel étaient cousues cinquante-trois pièces d'or de trois roubles chacune et qui dataient de l'époque de sa chambre à coucher. La petite en préleva deux qu'elle posa sur les yeux de la morte pour qu'elle puisse en profiter une dernière fois. A en juger par ses vieilles jupes, elle avait dû être habituée à une autre vie, une vie difficile à imaginer. Ayant accompli ce geste, la petite étrangère s'occupa du reste, de la mâchoire, des mains, de la toilette, du propriétaire de l'hôtel *Caprice*, de la mairie de Billancourt et de l'église russe (une des quarante fois quarante).

Et lorsque nous apprîmes toute cette histoire en détail, nombreux furent ceux, parmi nous, qui n'hésitèrent pas à dire tout haut qu'Anastasia Guiorguievna Seïantseva avait indéniablement eu beaucoup de chance à Billancourt.

*1930*

# VERSTES ET TRAVERSES

Mon itinéraire ne fut pas des plus simples, il s'est déroulé, la plupart du temps, par chemin de fer. Ma jeunesse y cahota. Quant à mon importance, elle ne dépassa jamais celle d'un canari. Mon itinéraire me conduisit des petites villes aux grandes, des forêts aux fleuves et des canons aux queues de billard. Mes pérégrinations eurent un pilote – Dieu le Père –, sauf que je ne l'ai jamais vu. Il y avait sans doute quelque autre guide, mais si seulement j'avais pu l'entrevoir… D'avoir été tant cahoté, j'en ai encore mal sous les genoux et mon âme s'en va en lambeaux. Voilà seulement quatre mois que je me suis délivré de mon carcan.

A quoi bon évoquer les raisons de nos pérégrinations ? N'en parlons pas. Les journaux les mentionnent tous les jours. Les raisons sont toujours les mêmes lorsqu'on se trouve du côté des perdants. Ça va bien aux Anglais de voyager, de couvrir quelques milliers de verstes à travers l'Europe, cela leur est aussi facile que de se tailler une part de gâteau, mais nous, nous ne sommes pas comme eux : après le premier millier nous perdons notre équilibre et nous nous traînons le reste de notre vie comme des âmes en peine.

Il arrive aussi qu'après de tels pique-niques, notre santé s'en trouve ébranlée : il te semble alors que ce pique-nique n'aura jamais de fin, c'est comme si tu roulais, roulais, bien que tu sois assis sur place, t'as l'impression que sous toi les roues continuent de tourner et que les poteaux télégraphiques défilent devant tes yeux, tu sens que tu es emporté, il ne te reste plus qu'à compter les tournants. C'est ce qui m'est arrivé et cela a duré pas mal de temps. Mais maintenant c'est terminé, je suis arrivé à destination.

Une femme fut la cause de ces sensations interminables, c'est-à-dire une jeune fille, bien évidemment. Grande ou petite ? me demanderez-vous. A peu près de quelle taille ? Comment était son teint ? On ne peut éviter de telles questions.

Une question fondamentale que, jusqu'à présent, les hommes n'ont pu résoudre : qu'est-ce qui est mieux, une grande ou une petite femme ? Ils n'ont jamais pu se mettre d'accord à ce sujet. A force d'en débattre, on peut même en venir aux mains, un fils peut même se dresser contre son père, d'autres sont tellement excités qu'ils en perdent la parole.

Bien entendu, à mon avis, une petite femme vaut cent fois et même un million de fois mieux qu'une grande. Vous pourrez faire de moi ce que vous voudrez. Une grande femme, on ne sait de quel côté la prendre, le temps d'arriver à sa hauteur et vous vous mettez à rire. Une grande femme ne demande jamais rien, ou alors elle exige quelque chose d'impossible. Alors qu'il suffit seulement à une petite femme de dire : “Grigori Andreïevitch” (ou bien Gricha, ou encore Grichenka), et tu sais tout de suite qu'elle cherche une protection ou bien qu'elle prépare une surprise.

J'ai comme une impression qu'il y a longtemps que personne ne m'a appelé Grichenka.

Chez une petite femme, tu as la possibilité de prendre son petit pied dans une seule de tes mains, tu peux aussi la regarder d'en haut et apercevoir ce qu'elle a de plus agréable : sa coiffure, ses cils, le bout de son petit nez. Par contre, tu es obligé de regarder une grande femme par-dessous, et quelquefois tu ne vois rien au delà des joues, il ne te reste plus qu'à te perdre en conjectures d'après l'expression de ses joues. Et tout ce qui lui est nécessaire est combien plus appétissant chez une petite femme : ses gants, sa petite robe, son mouchoir... et puis une petite femme cause toujours moins de désordre.

A vrai dire, ici à Billancourt nous n'avons ni petites ni grandes femmes. C'est-à-dire qu'elles existent mais en très petite quantité. Ce fut tout à fait évident lors de la messe de minuit de la pâque l'année dernière, lorsque, à l'église et tout autour, s'étaient rassemblés un millier d'hommes et parmi ce millier, chrétien, soigneusement brillantiné, lavé et poli, il n'y avait guère plus de trente femmes. Les femmes ne s'éternisent pas à Billancourt, elles fuient vers Paris.

Paris est une aubaine pour les petites et les grandes femmes. A Paris, elles trouvent des emplois flatteurs. Paris est plein d'étrangers. Le soir les rues y sont éclairées, la clientèle des *cabarets* est nombreuse et sobre, tandis que chez nous, place Nationale, il arrive qu'on ne sache pas où s'asseoir, tous les bancs sont occupés. Il ne reste plus qu'à se tenir debout dans un coin et à faire semblant d'être gai, tandis que le vent vous souffle dans les manches.

Il n'y a pas de femmes chez nous. C'est-à-dire qu'il n'y en a pas beaucoup. Quant aux jeunes filles, on peut les compter sur les doigts d'une seule main. Nous n'avons pas de fiancées – que c'en est gênant à avouer.

Il n'y a pas si longtemps, il y avait eu une seule fiancée, elle avait brillé dans le ciel comme une étoile. Elle était de petite taille, ses petites dents étaient régulières, et ses grands yeux bleus, ils étaient énormes, brillaient comme des lampes. C'était ma fiancée.

Avant elle, je n'avais pas eu de fiancée, cela peut paraître ridicule. Chez nous à Boudanovka, je n'en avais pas trouvé. Lorsqu'on m'avait bassiné à ce propos à Rostov, j'avais demandé une infirmière en mariage et depuis, je ne l'ai plus jamais revue, nos voies s'étant séparées dans cette ville. Et puis, quand, peu de temps après, je voulus la retrouver pour m'excuser d'avoir été la proie d'un délire passionné, je n'y suis pas parvenu.

Mes pérégrinations avaient commencé à partir du nœud ferroviaire de Zet. A cette époque, les trains circulaient sans horaire aucun. Notre échelon avait été transféré d'une voie de garage et placé juste en face du réservoir d'eau. Du matin au soir nous y défendions nos positions, ou bien nous dégringolions au bas du remblai et affolions jusqu'à l'évanouissement un coq qui se promenait avec ses poules le long de la barrière du chemin de fer. Un soir de tempête, ce gallinacé provocateur finit par avoir le cou tordu et par se transformer aussitôt en un de ces consommés dont le fumet attira le chef de la gare et propriétaire de la basse-cour, venu aux nouvelles, les genoux tremblants et les yeux pleins de larmes. Nous n'eûmes alors que la ressource, compte tenu de son âge avancé, de lui offrir aimablement le cou de la victime, qu'il refusa, les larmes aux yeux, mais non sans nous avoir remerciés.

Le lendemain matin, il ne restait plus rien dudit consommé, de sorte que nous sommes partis nous promener dans les rues avoisinantes. Où que le regard se portât, le ciel et la terre ne faisaient qu'un. C'était l'automne, un triste automne, des corneilles retardataires filaient sous les nuages. La plupart des maisons avaient l'air inhabitées, volets clos et acacias écorchés devant les portes. La plupart des boutiques avaient été saccagées et clôturées par des planches. Pouvait-on vraiment parler de boutiques ? De telles boutiques vous n'en verriez pas à Paris, ni même à Billancourt. Pourtant, nous arrivions à trouver du pain pour nous rassasier, du tabac, des timbres-poste et du thé gris vendu sous l'appellation de Ceylan. J'aurais bien voulu l'attraper, ce fabricant de thé de Ceylan, il aurait compris sa douleur.

Nous déambulions le long des rues, lorsque soudain nous vîmes une femme à sa fenêtre, c'est-à-dire une jeune fille, cela va de soi. Elle était assise et comme si de rien n'était, elle cousait. Lorsqu'une femme est assise à coudre à sa fenêtre, on dirait tout à fait un tableau.

— N'auriez-vous pas, *mamselle*, quelque chose à boire ? N'ayez pas peur, nous n'espérons pas recevoir de l'alcool, avons-nous crié en tambourinant sur son carreau et en lui faisant un salut. J'étais avec mon camarade.

Elle entrouvrit sa fenêtre et haussa les sourcils d'étonnement. Nous étions en 1919, c'était l'automne et il y avait du vent.

— Entrez plutôt dans la maison, sinon la chambre va se refroidir.

La fenêtre se referma, nous approchâmes de l'entrée. On entendit le claquement des talons sur les marches. La porte s'ouvrit avec un grincement rouillé.

— *Mamselle*, dit mon camarade, ne vous approchez pas trop, nous pourrions être contagieux, le typhus est partout.

— *Ne vous en faites pas*, nous répondit-elle. *Merci**.

Elle nous apporta une grande cruche d'un lait rose comme le ciel. Elle avait un dé à son doigt. Il y a des femmes qu'un dé orne mieux qu'une bague.

— On dit que vous allez bientôt partir d'ici ? demanda-t-elle timidement en tournant son petit pied chaussé d'un soulier verni.

— Nous n'avons pas le droit de le dire.

— Ne le faites pas, de toute façon je sais que vous partirez.

— A votre aise.

— Où sont vos chevaux ?

— Nous sommes des fantassins.

— Voilà, je vais vous donner quelque chose qui vous portera bonheur.

Mon camarade tendit la main sans hésitation.

A son tour, sans hésiter, elle retira son dé d'un doigt mince, pas tout à fait droit, et mit le dé dans la paume de mon camarade.

— Voilà, c'est tout, dit-elle et serrant la cruche contre sa poitrine, elle monta les marches. Lui demander de rester aurait été inutile.

Lorsque, un mois plus tard, je revins à la station ferroviaire de Zet, je ne pus retrouver

* En français dans le texte. *(N.d.T.)*

cette maison. Au moins cinq quartiers avaient brûlé aux alentours. Les gens de la banlieue rêvaient maintenant d'y planter des pommes de terre. A vrai dire, j'étais revenu pour rendre le dé. Mon camarade n'en avait plus besoin. Nous l'avions enterré. Dors, Kolia, dors en paix.

Et voilà que les roues se mirent à grincer sous moi, que les fils télégraphiques barrèrent le ciel aux corneilles, que les vagues se mirent à bruire près des côtes de Crimée et que je dus fuir à toute vapeur. La mer n'était pas une mer ordinaire, c'était sur cette même mer que sous le régime tsariste les Varègues et les Grecs avaient voyagé du nord vers le sud.

Le dé, tel un bijou, tel un véritable joyau, était lové dans la poche supérieure de ma vareuse, m'ayant suivi jusqu'à la lointaine terre étrangère qui m'accueillit. Tout autre que moi l'aurait depuis longtemps jeté dans les eaux du Bosphore, ou l'aurait enterré dans la terre turque. Il m'était non seulement inutile, mais il était bien trop petit pour mon doigt. Quant à mon camarade, le dé lui avait jeté un mauvais sort irrémédiable. Je n'y pensai plus pendant des semaines. Une ou deux fois, il était passé par la fenêtre lorsque je secouais la poussière accumulée dans ma vareuse dans les Balkans. Un jour, il s'était perdu dans les plis de la doublure de ma valise, cette doublure avait dissimulé pas mal de petits articles à une époque. Mais le dé me revenait chaque fois pour me rappeler la voix, les grands yeux et les petits souliers vernis.

Oui, à vrai dire, je ne faisais rien pour les oublier. Je n'avais rien d'autre à me rappeler. Oui, il me semble qu'il n'y avait vraiment rien. Je voyais la maison, la fenêtre et l'acacia, comme si tout cela existait encore, comme si tout cela ne s'était pas transporté dans l'autre monde, avec ses rideaux, ses poignées de porte, grâce à un tir de mortier efficace. Comme si cette chère maison n'avait pas sauté avec tout son mobilier vers un espace paradisiaque, mais avait survécu avec sa charmante jeune femme à la fenêtre.

Plus je m'éloignais, plus mon âme était attirée vers la vision de la jeune fille dans son cadre. Mon cœur a langui dans le golfe de Saros ; à Tyrnovo, sur trois nuits, je n'en ai dormi aucune ; à Rudnik, je me suis dit qu'il serait peut-être naturel que ce tableau soit également en train de voyager vers de lointaines contrées. Et lorsque j'ai déménagé à Prague, je serai modeste, j'ai bien été à Prague, je me suis mis à dévisager attentivement le personnel féminin de la cantine russe. L'espoir me submergeait.

A cette époque, mes pérégrinations totalisaient déjà six années et je n'en voyais pas la fin. Et voilà que c'est précisément à Prague que je l'ai revue.

— Bonjour, lui dis-je. J'ai eu l'honneur de faire votre connaissance à l'époque, difficile pour tous et pour chacun, de la guerre civile.

— Excusez-moi, répondit-elle, mais je ne vous connais pas.

— Je vous demande pardon, dis-je. Vous me connaissez, voici votre dé.

Et là, dans l'escalier, je tirai de ma poche le dé un peu cabossé mais encore présentable.

— Je suis désolée, répéta-t-elle, mais je n'ai pas perdu de dé.

Mais je ne la lâchai pas, au contraire, je m'approchai encore un peu plus d'elle. J'étais prêt à lui prendre la main, mais nous n'en vînmes pas là. Depuis l'époque où elle avait serré la cruche de lait contre sa poitrine, elle avait eu le temps de se friser les cheveux et de s'acheter une nouvelle robe.

Les gens qui fréquentaient la cantine russe n'étaient pas totalement démunis, ce n'étaient pas des miséreux.

— Savez-vous qu'il ne reste rien de votre maison et des maisons voisines, si je peux me permettre ?

— Quelle maison ? Vous confondez. Que vous êtes étrange !

Je m'approchai tout près d'elle. Elle me venait à l'épaule. Elle avait les mêmes yeux.

— On donne en ce moment un film de guerre américain, dis-je. On pourrait y aller tous les deux ?

— *Mais pourquoi pas ? allons-y. Merci**.

A Prague, il y avait du brouillard ce soir-là, on se serait cru à la campagne. J'avais grand-peur de la perdre. Je la tenais sous le bras, me penchant vers son visage pour gober un peu de son air. Je voyais chacun de ses cheveux, chacune de ses taches de rousseur lorsque nous passions sous les réverbères, et comme il n'y avait rien de plus agréable que cela, je m'efforçais de la sortir du brouillard pour l'attirer sous la lumière, de sorte que je la traînais tantôt à gauche, tantôt à droite et ne cessais de la regarder.

Lorsque nous sortîmes du cinéma, il faisait déjà nuit.

— Je pars demain, me dit-elle.

— Où cela ?

— A Paris.

Elle me conduisit à travers une ruelle sombre. Elle avait eu le temps de s'habituer un peu à

* En français dans le texte. *(N.d.T.)*

moi et avait même de petits rires. Je l'écoutais et voyais s'allonger devant moi la longue route jusqu'à Paris, abrupte, effrayante, à vous couper le souffle.

— J'habite ici, me dit-elle soudain.

Je m'étonnai de son habileté à retrouver sa maison dans cette obscurité.

— Alors, allez-vous prendre le dé ? lui demandai-je prudemment. Ou bien voulez-vous que je l'apporte à Paris ?

— Comme vous êtes étrange, répéta-t-elle encore une fois en souriant. Soudain, elle devint triste et, toute triste, elle entra dans la maison.

Je m'éloignai de la porte. Je me remémorai le numéro de la maison : quarante-cinq. Peut-être que quelqu'un d'autre, moins endurant que moi, aurait eu les nerfs en pelote après une nuit pareille, moi, pas du tout. J'étais heureux.

Paris n'est pas Prague. Le ciel se déchire au-dessus de Paris et une colombe s'envole, le soleil au-dessus de Paris est blanc. Et si une pluie légère se met à tomber, alors tout le monde se met à danser : les hommes (l'avez-vous remarqué ?) marchent dans les flaques sur la pointe des pieds, tandis que les femmes ayant traversé la rue lèvent immédiatement leur petite jambe pour voir si leur bas n'a pas été éclaboussé. Eh oui, il a été éclaboussé, et elles courent plus loin. C'est ça Paris, et Billancourt est à côté.

J'y suis arrivé en hiver au petit matin, un matin où la neige venait à peine de tomber. Je n'avais pas réussi à quitter Prague tout de suite, une année s'était écoulée entre-temps. J'étais donc arrivé au matin, ayant laissé mes affaires chez un camarade. J'avais fait un brin de toilette, comme ça, pour être convenable, et puis je suis parti. J'ai trouvé la rue et le numéro. Je me suis promené devant en long et en large, en touriste.

Toute l'année écoulée, j'avais pensé à cette maison, je me l'imaginais. Beaucoup de gens y vivaient en dehors de Tanioucha, beaucoup d'hommes et de femmes, des grandes et des petites. Et l'une d'elles (évidemment petite) me semblait être le terminus de mes pérégrinations. Verstes et traverses !

J'avais eu le temps de bien tout regarder dans la rue, lorsqu'elle sortit, elle était seule. Je lui barrai la route de mes bras. Elle voulut passer sous mon bras, puis s'arrêta en me regardant de tous ses yeux comme pour deviner si c'était bien moi.

— Vous êtes devenue une parfaite dame, m'écriai-je. C'était pourtant vrai, ses cils rappelaient des pattes d'araignée et ses gants étaient en veau glacé.

— Je vous ai reconnu, dit-elle en me tendant la main.

— Vous vous êtes souvenue du film de guerre américain ?

Non, elle ne se souvenait pas.

— Vous habitiez au numéro quarante-cinq.

— Est-ce vraiment important ?

A quoi pensait-elle à ce moment-là ? Allez savoir.

Nous marchions ensemble tandis qu'elle me racontait que son père se trouvait en Amérique et qu'elle avait l'intention de le rejoindre. Elle comptait y gagner de l'argent, puis revenir et se marier.

— Qui avez-vous l'intention d'épouser ?

— Je reviendrai bientôt, au printemps.

Et je suis parti en Amérique… C'est-à-dire, bien évidemment, que non. Je suis resté sur place, mais c'était comme si j'y étais allé, à sa suite. Et *moussiou* Renault ? me demanderez-vous. Ça, ça n'a rien à voir, cela ne nous concerne pas pour le moment. Je suis entré chez lui par la porte qui donne sur le quai, là où on embauche et où, à l'occasion, on vous fiche à la porte. En un mot, j'ai continué à la suivre à la trace.

Oh, l'Amérique ! L'océan ! Ma patrie !

Le soir, je marchais le long des rues de Billancourt (ne vous moquez pas, les étoiles de Paris brillent aussi au-dessus de Billancourt !) et je pensais qu'à la même heure il faisait jour en Amérique. Je voyais ses murs verts, ses bécasses, ses cerisiers et toutes ses beautés naturelles : les fleuves comme chez nous, les forêts touffues, les routes anonymes. C'est comme cela que je voyais l'Amérique.

Et je pensais à moi-même, à ma vie qui courait le long des grandes routes et que mes amis étaient, depuis longtemps, arrivés à destination, tandis que moi j'étais toujours en train de marcher ! Je pensais aussi que mes camarades et moi nous faisions de la fumée et que les fours Martin nous tenaient chaud et que malgré le fait que je louais une chambre chez des propriétaires, les poteaux télégraphiques ne cessaient de courir à ma rencontre.

Le vent souffle fort dans nos manches, chacun vous le dira. Deux ou trois petits verres de notre boisson nationale pour nous remettre, pas moins. Ce n'est pas de l'alcool, c'est pour nous un médicament. Tu te sentiras fiévreux une ou deux fois, mais pas plus. Les nuits sont courtes chez nous. Si t'as de la fièvre, il vaut mieux fermer ta porte au cas où un invité viendrait à passer, et puis tourne-toi du côté du mur.

Et voilà qu'on frappe à la porte. J'ouvre de la main gauche et de la main droite j'allume la lumière.

— Excusez-moi, dit-on derrière la porte. Vous dormiez ? Je suis venue faire une visite à des amis dans la maison, les Petrov (ou peut-être les Vedrov). J'ai appris que vous habitiez ici et je suis venue voir comment vous alliez.

— Vous arrivez d'Amérique ?

— D'Amérique.

Je repoussai la porte, enfilai mon pantalon et mon veston, je relevai mon col et d'un doigt attachai le bouton.

Elle prit une chaise et jeta un regard circulaire. Elle était chez moi. Elle était venue me voir. Elle avait besoin de moi.

— Alors comment ça va chez vous sur le front occidental, rien de changé ?

— Sans plus.

— Vous vous êtes un peu arrangé ?

— Un peu.

Une dent en or était apparue dans sa bouche et ses cheveux avaient été teints dans une couleur étrange, peu commune.

— Je vous ai attendu en Amérique et vous n'êtes pas venu.

J'en fus tout décontenancé.

— Ne vous moquez pas de moi, Tanioucha, je suis très fragile intérieurement.

Elle posa son petit pied sur le tuyau du chauffage.

— Je ne plaisante pas. Je me disais toujours : Et si tout à coup il avait tenu parole ? Et vous ne l'avez pas tenue.

— Cela veut dire que je devais vous suivre au bout du monde ? ne pas craindre les distances ?

Un silence se fit.

— Je n'ai pas la force de vous suivre partout. Je ne vois toujours pas la fin de mes pérégrinations. Toute ma vie n'a été que verstes et traverses.

— Quelles traverses ? Celles qui viennent en travers ?

— C'est bien ça.

Elle regarda par la fenêtre. Et moi je ne la quittai pas du regard. J'en étais venu à la conclusion préliminaire que je ne la reconnaissais pas.

Pourtant c'était elle. J'eus l'impression qu'elle cherchait quelque chose à dire encore et qu'elle ne trouvait pas. Et moi, je ne pouvais pas l'aider dans ce domaine.

— Bon, je vais m'en aller. Je vois que vous n'avez aucune nouvelle à m'annoncer. Quant à moi, j'en ai un tas.

Je pris peur.

— Je n'ai pas rapporté d'argent et je ne me suis pas mariée. Les nouvelles, c'est comme au télégraphe, on ne sait pas par quoi commencer. Je vous raconterai une autre fois.

Ma tête se mit à tourner. Je ne savais plus ce que je disais tout en tenant le doigt sur mon bouton de col.

— Epousez-moi. Il y a longtemps que vous êtes ma fiancée. Partons ensemble à Kharbin ou à Nice.

— Pourquoi à Kharbin ?

— Il n'y a pas longtemps, un des nôtres est parti à Kharbin, il a dit que c'est mieux là-bas.

Elle me regardait d'un air perplexe tout en nouant son écharpe.

— Votre fiancée... Prendriez-vous, par hasard, un dé pour une bague de fiançailles ? Mais ce n'est pas à vous qu'il fut donné.

Nous nous mîmes debout au même instant et parce qu'elle était toute petite, elle passa sous mon bras.

Je suis resté planté là, abasourdi, comme si mon train venait de stopper en pleine vitesse, comme si je venais de tomber de la couchette supérieure sur mon voisin et qu'une valise eût dégringolé du filet à bagages sur nous deux. Ses pas s'estompèrent. Je regardai autour de moi au cas où elle aurait oublié quelque chose, alors j'aurais couru derrière elle.

On me connaît à Billancourt. Il y a d'interminables routes derrière moi, personne parmi les nôtres n'en a de si longues. Maintenant tout est calme autour de moi, comme au ciel.

*1930*

# LE MANUSCRIT DE BILLANCOURT

Vania Liokhine est mort le mardi soir, le sept du mois, dans la trente-sixième année de sa vie colorée et difficile.

— Lâche tes occupations de célibataire : Vania Liokhine est mort, me dit Chov.

J'abandonnai mes occupations de célibataire et me mis en route. Ce n'était pas loin, Vania Liokhine habitait à l'hôtel *Caprice.* Comment y avait-il vécu, mieux vaut ne pas en parler.

En entrant, j'eus soudain le désir d'éviter de regarder autour de moi, de tousser un bon coup et de dire : Allons ! Lève-toi, Vania Liokhine, cesse de traîner au lit, tu n'es pas une mauviette. Mais je me tus, fixant le visage exsangue de Vania. Je contournai le lit et m'assis à la table. Son testament y était posé. Chov venait tout juste de le prendre dans le tiroir. Il nous concernait tous les deux.

Un autre nom y était mentionné, mais il n'était pas destiné à être divulgué. La fille du propriétaire de l'hôtel *Caprice* y figurait en toutes lettres. Inutile d'aller la chercher, elle se tenait à la tête du lit, une expression de mater dolorosa sur le visage, et pleurait. Elle l'avait rasé le matin même et il n'avait pas eu le temps de terminer le verre de limonade qu'elle lui avait préparé. Elle se cramponnait à tous ces petits détails et refusait de laisser partir l'âme de Vania. Il n'y a rien eu à faire, l'âme s'en était allée.

Un pope, c'est-à-dire un prêtre, un portefeuille sous le bras, traversa la rue plongée dans l'obscurité crépusculaire, en balayant le trottoir de sa soutane. Je me levai et rangeai le testament dans le tiroir de la table.

— J'aurai bien le temps, dis-je à Chov. Je descends accueillir le prêtre.

— Mais qu'est-ce qui te prend ? me dit Chov. Tu ferais mieux de le lire. Il contient des choses intéressantes.

Je savais qu'en aucun cas, Vania n'avait pu laisser des millions. Ce n'était pas un homme à ça. J'eus un sentiment de pitié envers lui. Trente-cinq ans, ce n'est pas rien. C'est comme les aiguilles d'une montre qui approchent de quatre heures, c'est comme un calendrier auquel on aurait arraché la feuille du mercredi, c'est ça trente-cinq ans, le véritable milieu de la vie, le milieu du jour, de la semaine, où derrière et devant toi, le temps s'écoule.

Deux jours plus tard, nous avons accompagné Vania Liokhine le long de nos chères rues de Billancourt. Une jument pourrie, pas particulièrement gaillarde, avançait les yeux protégés par des œillères grandes comme des poêles à frire. Le cocher, retenant les rênes, claquait de la langue pour l'encourager, tout en bâillant sur les côtés. Vania Liokhine avait été à demi recouvert d'un tapis blanc ou d'un autre fort tissu. Les yeux rivés sur les roues arrière du corbillard, Chov, moi-même et quelques-uns de nos amis, fantassins et manœuvres, nous emboîtions le pas suivis d'une foule française inconnue, mais pourtant compatissante, dans laquelle on apercevait, entre autres, la charmante fille du propriétaire de l'hôtel *Caprice* qui pleurait sans se retenir.

Nous conduisîmes Vania le long d'une rue familière bordée par les tristes maisons entourées de palissades de Mr. Salmson, une rue que nous avions fréquentée et que nous ne cesserons d'arpenter. Nous dépassâmes le fameux réverbère contre lequel un de nos compagnons d'armes, pris de boisson, s'était fracassé en voiture et le portail où, voilà déjà un an, figurait un mot russe inscrit au charbon – nous le connaissions tous. Vania Liokhine fut conduit vers notre nouveau cimetière où, malgré les réclamations, il n'y avait jamais de fleurs, où les chemins sont humides en hiver et poussiéreux en été et où, que vous le vouliez ou non, il nous faudra, à vous comme à moi, être enfouis.

On porta Vania tout près de la fosse après avoir dépassé un tas de couronnes mortuaires rouillées dont personne ne voulait plus. Evidemment, il ne fut pas enterré là où il y avait de petites allées, des monuments et des fleurs. Il fut mis dans la cinquième division où il reposerait tranquillement cinq années en compagnie de Goustopsov, de Sementchiouk et de Dementiev, là d'où l'on voit notre cheminée d'usine, celle que nous connaissions tous, là où, entre autres, se trouvent la tombe d'un jeune Chinois et sa décoration faite de fil de fer dans laquelle un petit morceau de miroir avait été incrusté portant le portrait doré du défunt, indigent lui aussi.

Le pope, c'est-à-dire le prêtre, embellit la vie pendant cinq minutes avec ses litanies. Un avion vrombissait dans le ciel. Je me demandai si tout là-haut quelqu'un s'était intéressé à notre petit groupe piétinant autour de la tombe. Vania Liokhine fut recouvert d'un modeste talus de terre, de sable et de pierres. Une petite croix y fut plantée avec le nom et la date du décès. On aurait voulu ajouter quelque chose de plus sur cette croix, mais la place manquait. Dans les autres parties du cimetière, là où il y avait de petites allées et des fleurs, on pouvait inscrire des romans entiers sur les monuments.

Le corbillard, haut sur pattes, repartit allégrement en cahotant, la couverture blanche bien pliée à l'intérieur. A l'aller, la jument n'avait pas eu l'air très gaillarde. Elle avait dû feindre d'être exténuée en transportant Vania Liokhine. De nouveau j'eus pitié de lui. Mais Chov me dit :

— Allons ! Demi-tour et au galop jusqu'à l'hôtel *Caprice*. Il faut absolument que tu lises le testament.

Je relevai mon col et suivis Chov. Très vite nous devançâmes les personnes venues accompagner Vania jusqu'à sa dernière demeure – pas plus d'une dizaine, y compris la jeune fille, si gentille, à vrai dire, et encore si jeune. On disait qu'ils s'étaient adorés comme mari et femme.

Le testament contenait des choses parfaitement surprenantes. Qui aurait pu penser cela de Vania Liokhine ? Comme je l'avais prévu, il n'avait pas laissé de millions. Il léguait son linge et ses vêtements à Chov, ses chaussures aux pauvres. Il demandait que son stylo, sa cravate et sa blague à tabac (elle datait des temps meilleurs) puissent figurer au musée de la Vie quotidienne de Billancourt au cas où un tel musée serait créé un jour. Pour le reste, sa brosse à cheveux, trois cartes postales, un morceau de quelque chose d'indéterminé, une grammaire française, des photos de famille devaient être remis à la fille du propriétaire de l'hôtel *Caprice*. Quant à moi, je devins le détenteur d'une chemise contenant un manuscrit, le tout ficelé par un lien défraîchi. Chov et moi-même, nous étions abasourdis. Voilà que Vania Liokhine avait eu l'intention de devenir un écrivain russe, une sorte de folkloriste. Incroyable !

Le jour tombait. En face, au *Cabaret*, le gramophone tonitruait. On voyait filer les passants sous la fenêtre. Les femmes se hâtaient de faire leurs courses. Ce n'étaient pas des mères de famille, ni des maîtresses de maison, lesquelles faisaient leurs courses le matin en accompagnant leurs enfants à l'école. Elles se conformaient à un horaire. Non, c'étaient les poupées de l'autre rue, celle qui est tout près de la rivière, la rue qui est perpendiculaire à la nôtre, des poupées qui venaient tout juste de se lever. Elles avaient les cheveux d'un jaune vif, la voix rauque et les hanches drapées de soie noire. Quant à leurs jambes on aurait dit des bouteilles d'eau de Seltz renversées. Seulement il arrive que les poupées aient envie de manger : de la viande et du fromage accompagnés d'une bouteille de vin rouge. C'est pourquoi elles sortent à la nuit tombée en jurant et en écoutant l'air de *Stenka Razine* qui s'échappe du *Cabaret*. Elles s'arrêtent longuement devant la vitrine du salon de coiffure de Boris Gavrilovitch où sont exposés les parfums et les crèmes de beauté. Après quoi, elles retournent dans cette rue perpendiculaire où résonnent la musique, les fusillades et les voix avinées qui s'expriment en huit langues.

Assis dans ma chambre, à la lumière de ma lampe, j'ouvris la chemise renfermant le manuscrit. Elle contenait la respiration de Vania Liokhine, une respiration qui émanait d'une poitrine plus d'une fois trouée par les balles. Le manuscrit était long, près de cent pages, et représentait, à première vue, le début de quelque chose, disons d'un roman. Les vingt premières pages avaient été raturées et les dernières étaient peu soignées. Je suis certain que Vania Liokhine n'aurait pas osé les montrer à la femme aimée. Le roman était écrit sur du papier quadrillé. Quant à l'écriture, si caractéristique de Vania Liokhine, elle tirait vers le bas et elle était pleine de crochets.

Un doute me saisit dès les premières lignes : mon aimable et gentil Vania Liokhine ne serait-il pas mort à cause de ce roman ? Tout devint clair dans mon esprit : il émanait de ce manuscrit comme un incendie, un feu ravageur qui l'aurait consumé. Comment n'avions-nous pas deviné qu'il souffrait de son imagination ? Un feu similaire brûle peut-être chez un autre de nos amis et nous l'ignorons ! Aucun d'eux ne l'avouera jamais et je serais de ceux-là.

Je me mis à lire…

“La nuit était sombre. Le vent arrachait les dernières feuilles des arbres. Je sortis de la gare à l'heure où l'on pouvait encore distinguer sa petite fumée dans le ciel, sa lucarne éclairée et le clignotement de la lumière verte qui indiquait que les voies étaient libres. Puis la nuit tomba sans appel. La route délavée par les pluies n'était qu'une ornière où le pied enfonçait. Les nuages couraient dans le ciel. Je marchai longtemps. Je traversai le champ, puis la futaie où, un jour, deux camps s'étaient opposés, et puis avaient fini par tuer et piller.

La route devint escarpée. Dans la plaine, le vent faillit me renverser. Je longeai le cimetière. Je pensai que le lendemain matin, je serais de retour ici même, que le temps serait gris et que je reconnaîtrais la route toute droite, les lilas et la pierre tombale de mon père.

"L'hôpital municipal me barra l'horizon en partie. J'approchai des faubourgs. Cette ville, ces rues m'étaient familières. Les arbres se balançaient derrière les palissades, s'égouttaient et grinçaient. Le silence régnait au cœur de la ville. De temps à autre, les palissades s'interrompaient et du fond des cours, un chien se lançait à mes trousses, sans aboyer, pour m'abandonner quelques pas plus loin. Je ne rencontrai personne en cette heure tardive. Une plaque prête à tomber, portant l'inscription *rue Karl-Liebknecht*, accrocha mon regard. Il me semblait reconnaître ce carrefour appelé autrefois Ekaterinskaïa.

"Je reconnus enfin ma maison, je vis son numéro que pendant tant d'années j'avais inscrit sur ma correspondance. Deux marches menaient au perron. Il n'y avait pas de lumière à l'intérieur. Au-dessus du toit et de la vieille cheminée, les nuages se pressaient.

"Des volets occultaient les fenêtres de l'intérieur comme cela se faisait dans ma ville. Il n'y avait pas de sonnette. Il fallait frapper. Entendre des coups au cœur de la nuit pourrait les effrayer. Je prêtai l'oreille au cas où quelque chose bougerait dans la maison. Je devais être le seul à ne pas dormir à cette heure-là.

"J'appliquai mon oreille contre la porte et frappai deux coups. Quelque chose claqua au loin, très loin. Quelqu'un traînant ses pantoufles sur le sol approcha de l'entrée. Je saisis le chambranle de la porte d'une main et de l'autre, j'agrippai la poignée de ma valise. Je sentis que mon cœur battait la chamade. Une main invisible manipula la serrure.

"«Qui est là ?» demanda tout bas une voix masculine, devenue soudain toute proche.

"«Vania Liokhine», répondis-je tout aussi doucement.

"La main bougea derrière la porte qui s'ouvrit. L'éclair d'un œil, noir, large et brillant étincela dans l'obscurité.

"«Entrez, dit l'homme. Quel événement ! Ne faites pas de bruit, il ne faut pas les réveiller. Il faut qu'ils dorment, ils se fatiguent tant le jour.»

"Je me faufilai dans la porte, ma valise à la main. L'obscurité m'aveuglait. Le tic-tac tranquille et assez bruyant d'une pendule résonnait quelque part.

"«Permettez-moi de me présenter, chuchota l'homme et je sentis qu'il me tendait la main. Moïsseï Borissovitch Gotov, l'époux de Sonia.»

"Je saisis sa main, elle était petite et chaude.

"«Suivez-moi, chuchota-t-il à nouveau. Je vais vous montrer notre cuisine.»

"Il me prit par la main et me guida. D'après mes souvenirs, il devait y avoir là un escalier, mais je n'en vis aucun. Une porte s'ouvrit sans bruit. Nous marchions en silence, on aurait dit que nous flottions. Nous entrâmes dans une pièce où il faisait plus chaud et où l'air était différent.

"On gratta une allumette. L'ombre se dessina sur le fourneau et les étagères. Je vis un petit homme courbé sur la lampe à pétrole. L'odeur chaude du pétrole chatouilla mes narines, la flamme se mit à sauter puis se calma dans le verre de lampe.

"«Asseyez-vous, dit Moïsseï Borissovitch. Je vais vous servir un peu de soupe de poisson de notre dîner.»

"«Et Sonia ?» dis-je doucement.

"«Je vous ai dit de vous asseoir. Sonia est en train de regarder un rêve. Pourquoi n'avez-vous pas prévenu de votre visite ? On peut tomber malade d'une telle surprise.»

"«Et maman ?»

"«Maman reviendra demain matin. Elle est partie rendre visite à des parents.»

"«Quels parents ? Pour quoi faire ?»

"«Chut, chut ! Pourquoi criez-vous ainsi ? Il y a des enfants ici.»

"Il plongea une louche dans un grand pot et en sortit un morceau de sandre et une longue carotte. Il coupa une tranche de pain, retenant la miche contre sa poitrine. J'avais eu le temps de bien regarder cet homme : il était âgé d'une quarantaine d'années et était vêtu de ses caleçons et de sa chemise. De légers poils noirs se dressaient sur le haut de son crâne, les mêmes sortaient de ses grandes oreilles et des narines d'un nez assez fort. Il prit place en face de moi et c'est à ce moment que nos regards se croisèrent. Nous nous regardâmes ainsi longtemps.

"«Allons, mangez la soupe, dit-il en s'agitant. Quel événement !»

"Il baissa les yeux.

"Je mangeai la soupe et le pain. Il me semblait que le pain était vivant, qu'il respirait, qu'il me voyait, qu'il venait à ma rencontre, qu'il entrait en moi, me nourrissait et me rendait heureux.

"«C'est tellement silencieux chez vous, dis-je, partout.»

"«Oui, maintenant, grâce à Dieu...», répondit-il tandis qu'une frayeur un peu oubliée passait dans ses yeux humides.

“Je terminai mon repas.

“«J’ai une idée, dit-il tout à coup. Je vais vous faire dormir dans la chambre de maman. Nous n’avons pas d’autre lit. Pour le moment nous n’avons que deux pièces, il y a des gens qui vivent au-dessus.»

“Je ne répondis pas.

“«Seulement ne faites pas de bruit, c’est absolument interdit. Prenez votre valise (je la pris). Nous traverserons la chambre à coucher. Vous allez très bien dormir ! Tout à fait comme à Paris.»

“Il souffla la lampe. Nous fûmes plongés dans l’obscurité. Il me prit par la main, une nouvelle fois, et me guida. Nous nous mîmes à flotter. Une porte s’ouvrit, puis une autre. Je n’avais plus le sens de la direction mais je continuai à marcher. Dans cette obscurité, dans cet inconnu, le vertige me saisit. Je me cramponnai à la petite main dont je palpai les articulations velues. Puis la main m’échappa et la lumière jaillit. Une petite lampe s’était allumée au plafond et je reconnus la chambre dans laquelle j’étais né.

“Au-dessus du lit recouvert d’un édredon de couleur sombre, le portrait de mon père était accroché. Mon propre portrait terne et peu ressemblant, datant de mon incorporation dans l’armée en 1916, pendait au-dessous. Tel un animal familier, un tricot en cours, dans lequel on avait planté les aiguilles, reposait sur la table.

“Moïsseï me regardait, une immense curiosité brillait dans ses grands yeux. Puis, il me fit un signe de tête et remontant ses caleçons qui dénudèrent des chevilles velues, il disparut derrière la porte. J’eus beau prêter l’oreille, je n’entendis plus rien.

"J'enlevai mes souliers et fis lentement le tour de la pièce. Tout, depuis le tapis sous mes pieds jusqu'au miroir rond (qui dans mon enfance m'avait semblé si haut), tout fut à moi de nouveau. Grâce à ces vieux objets poussiéreux, sans doute rongés par les vers, mon âme s'unit à celles des habitants de cette maison. Epuisé, je m'assis sur le lit et y restai une demi-heure ou même une heure, l'esprit envahi par de fumeuses pensées. Je ne me souviens d'aucune d'elles dans la torpeur qui m'avait alors saisi, sauf, peut-être, de celle de Madeleine qui me trottait par la tête. Je me promis de lui écrire immédiatement, il ne pouvait pas en être autrement. Des phrases toutes faites pour le lendemain naissaient les unes après les autres :

"«Je viens d'arriver. Mon train a eu du retard. Il y avait un million de gens. Par très mauvais temps et dans cette ville quasiment morte, j'ai retrouvé ma maison. Evidemment, je me faisais un sang d'encre, imbécile que j'étais. Le mari de ma sœur m'a ouvert la porte, *un type assez rigolo**.

"Sonia et les enfants dormaient, maman reviendra demain. Je t'écrirai encore. Je vais réfléchir si cela vaut la peine que tu viennes... Comment ça va chez vous ? Et ta santé ? Ecris-moi tout. As-tu reçu ma carte postale de Moscou ? Qui as-tu vu de nos amis ? Que se passe-t-il au *Caprice* ? Salue tout le monde, et plus particulièrement Chov et remercie-le pour le fromage qu'il avait fourré dans mes bagages sans que je m'en aperçoive lors de mon départ...»

"J'interrompis enfin ce flot. Sans me déshabiller, je m'allongeai sur l'édredon. La petite

* En français dans le texte. *(N.d.T.)*

lampe brillait toujours au plafond lorsque je m'endormis. Le vent soufflait dans la cheminée du grand poêle en faïence.

"Lorsque je m'éveillai, le jour s'était levé, il y avait du bruit et de la lumière, les volets avaient été ouverts, on s'agitait dans la pièce voisine. Je m'assis dans mon lit et aussitôt la porte s'ouvrit doucement et je vis deux paires d'yeux d'enfant.

"Les enfants étaient absolument identiques, dans les sept-huit ans. Ils avaient les mains sur la couture du pantalon, ne cillaient pas et restaient bouche bée. Leurs pantalons avaient été lavés et relavés et leurs jaquettes avaient été reprisées maintes fois. Je leur fis signe d'approcher et embrassai chacun d'eux sur le front. Ils dégageaient une odeur de plumes d'oiseaux.

"J'ai apporté une orange, leur dis-je en ouvrant ma valise. N'ayant jamais vu d'orange, ils s'en saisirent de leurs doigts fins aux ongles pointus. Je leur donnai une tablette de chocolat et une boîte vide qui avait contenu du fromage et dont le couvercle représentait une vache qui rit. Un moment je gardai leurs petites mains fragiles et fraîches dans les miennes.

"«Savez-vous qui je suis ?»

"Oui, ils savaient.

"Je me levai. Sonia entra en courant dans la chambre. Elle avait une expression tendue sur le visage comme cela arrive lorsqu'on ne veut pas montrer ce que l'on a sur le cœur. Elle portait un vieux manteau de demi-saison qui faisait office de robe de chambre. Je la pris dans mes bras et sentis combien elle avait grossi d'une façon terrifiante à en devenir méconnaissable, combien sa poitrine s'était alourdie et affaissée et combien ses épaules s'étaient voûtées.

“Elle était incapable de dire un mot. Les larmes coulaient sur son visage et je ne pus m’empêcher de penser combien elle m’était devenue étrangère, depuis qu’on nous avait baignés ensemble dans le même baquet. Ses mains légères d’écolière s’étaient élargies à en devenir maladroites, l’obligeant maintenant à porter son alliance au petit doigt. Lorsqu’elle leva enfin les yeux sur moi, je crus y lire comme de la timidité ou de l’envie.

“«Toi, toi, ne cessait-elle de répéter. Voilà ce que tu es devenu ! Un Français. Un Garde blanc ! Oh ! Mon Dieu ! Et elle se mit à pleurer. Beaucoup des vôtres sont revenus depuis l’année dernière, on n’osait y croire ! Prends garde à ne pas tuer maman !»

“Nous nous tenions près de la fenêtre. Je remarquai que j’avais cessé de la regarder et que j’étais maintenant fasciné par le spectacle de notre rue, une rue grise et tranquille où un homme poussait un chariot et où la maison d’en face avait un aspect quotidien, parfaitement habituel. C’était un petit pavillon aux vitres brisées et au perron envahi par les feuilles mortes. Soudain, en un instant, sans doute prévu depuis quelque mille ans avant ce jour, je l’ai vue, elle, comme si elle venait d’apparaître au coin de la rue.

“Sa démarche était celle des personnes qui sont dans leur septième décade, chacun de ses pas semblait l’enraciner, elle balançait légèrement ses bras et ployait les genoux. Elle avait rapetissé, et sans doute était-elle devenue très légère. Elle portait une longue jupe qui lui venait aux talons et une veste en drap, serrée à la taille, sa tête était couverte d’un fichu de laine marron clair soulignant une natte de cheveux qui devaient être maintenant tout à fait blancs. Elle tenait à la main un petit sac de toile visiblement confectionné à la maison ainsi qu'un parapluie au pommeau blanc et mince comme une aiguille. Elle traversa la rue en face de notre perron et gravit les marches.

"Je vis, à travers les portes ouvertes, à travers la pièce où Moïsseï Borissovitch s'occupait de ses fils, je vis, comme la porte de l'entrée venait de s'ouvrir et comme elle était entrée après l'avoir soigneusement fermée à clef et s'être essuyé les pieds sur le paillasson et comme elle avait commencé à enlever, sans se hâter, le fichu qui lui recouvrait la tête. C'est alors seulement que je suis allé à sa rencontre.

"Juste à cet instant, elle s'était retournée. Je crus qu'elle allait crier, tomber, je pressai le pas en lui tendant les mains, mais elle, à son tour, s'était soulevée de terre et volait vers moi", etc.

Comme je l'ai déjà dit, le manuscrit comportait près de cent pages. Mais maintenant tout était devenu très clair pour moi : Vania Liokhine était mort d'un excès d'imagination. C'était devenu un délire, un délire qui l'avait tourmenté toute cette dernière année et pourtant, c'était un excellent homme. Billancourt n'a vraiment pas de chance : ses meilleurs habitants meurent, les plus dignes crèvent. Certains se laissent secrètement envahir par des préoccupations moroses et se torturent à en tomber malades, tandis que d'autres prennent la plume et noircissent du papier. Quelle tristesse que de voir tant d'énergie gaspillée pour rien !

Restons, mes amis, fantassins et manœuvres, ce que nous avons toujours été. Qu'importent plumes, papier et encriers ! Que ni la gloire, ni l'argent, ni l'amour d'un être exquis ne viennent plus troubler notre sommeil. Laissons aux autres la tâche de décrire notre vie car il ne nous a pas été donné d'être des écrivains.

*1930*

# L'ANNEAU D'AMOUR

Roman Guermanovitch, dont le nom de famille avait une consonance allemande, et son épouse, née Bytchkova, gravirent l'escalier, reprirent leur souffle en jetant un regard autour d'eux et sonnèrent. Roman Guermanovitch était vieux et sec, et lorsqu'il marchait on entendait comme un frou-frou. Mme née Bytchkova avait le type tzigane : brune, les sourcils fournis, les lèvres charnues, une légère moustache et un grain de beauté sous son bel œil charbonneux. Un médaillon se balançait sur sa large poitrine, un bracelet d'argent brillait à son poignet, et au doigt un anneau rehaussé d'un saphir étincelait. Ses jupes d'une soie crissante lui recouvraient les pieds qui lui faisaient mal d'avoir gravi tant de marches. Son chapeau était éternellement de guingois sur sa tête à cause d'un lourd chignon de cheveux noirs qui l'empêchait de tenir et dans lequel elle plantait un peigne orné de brillants lorsqu'elle se rendait en visite.

— Roman Guermanovitch, dit Mme née Bytchkova, ta braguette est ouverte.

Roman Guermanovitch remit sa toilette en ordre avec un léger bruissement en jetant un regard reconnaissant à son épouse.

On était dimanche, un jour chaud et poussiéreux, où les volets étaient à demi fermés, les gramophones bruyants et les coiffures bien lissées. Billancourt se mourait d'une terrible chaleur, comme d'un choléra. Les moineaux s'échappaient en nuées vers le fleuve. Quant au ciel, il était inexistant, terne, ni bleu pâle ni bleu foncé, on aurait dit du verre. L'air était immobile. En travers du trottoir surchauffé, à l'ombre insolite d'un marronnier qui avait perdu ses fleurs lors du dernier orage, un homme dormait. Par une telle chaleur, comme pendant une épidémie de choléra, on ne se rend pas en visite. Pourtant, depuis le mois d'avril, il avait été décidé... Qu'est-ce qui avait été décidé ?

Mme née Bytchkova était dans tous ses états depuis le mois d'avril, d'ailleurs elle l'était perpétuellement. Et ce n'était pas parce qu'elle n'aimait pas son mari, au contraire, ils avaient même un fils ensemble, presque un adulte. Mais Mme née Bytchkova possédait ses propres souvenirs qui dataient d'avant son mariage. Ils étaient encore si vivaces qu'ils ne la laissaient pas en paix. Plus ils s'éloignaient dans le temps, plus elle était persuadée que sa vie ne se terminerait pas sans qu'un autre coup de clairon ne vienne y apporter un point d'orgue. Jusqu'au mois d'avril, ces pensées ne cessaient de la torturer. Mais au mois d'avril, elle apprit dans quelles conditions se terminerait sa vie et elle se prépara à cette éventualité.

C'est précisément à cette époque qu'elle fit la connaissance de Mourotchka et de Mourotchka, mari et femme. Mourotchka attendait un petit garçon (il n'était pas question d'une petite fille) tandis que Mourotchka, son mari, rêvait d'une petite fille, il lui avait déjà trouvé un prénom : Lida. Chacun des deux époux voulait avoir Mme née Bytchkova de son côté. Mais celle-ci demanda tout à coup, à brûle-pourpoint, de sa voix basse, chantante et sévère :

— Excusez-moi, quel est votre nom de famille ? Je n'ai pas bien entendu.

— Kriatov, lui répondirent-ils.

— Et Vladimir Guiorguievitch serait-il un de vos parents ? Et elle tourna sur son doigt sa bague ornée d'un saphir.

Mourotchka s'écria :

— Seigneur ! Mais c'est mon oncle ! Que Dieu lui prête vie, je veux dire qu'il faudrait se renseigner. Mon oncle ! Mon oncle ! Vous le connaissiez ?

Son épouse ajouta :

— Il vit en Sibérie. Il doit avoir maintenant près de soixante-dix ans, au moins.

— Soixante-neuf, précisa Mme née Bytchkova.

On lui posa immédiatement un grand nombre de questions indispensables : quand avait-elle connu Kriatov ? Avait-elle été une amie intime pour lui ? Où ? Etait-il vrai que dans sa jeunesse il avait été un fort bel homme ?

Elle répondit que toute l'affaire s'était passée trente ans plus tôt, elle l'avait connu très intimement, on ne peut plus intimement, à Moscou, et qu'en effet, il avait été un fort bel homme.

Elle n'hésita pas, bien que ce fût sa première rencontre avec le jeune couple, à découvrir rapidement sa large poitrine pour montrer le médaillon qui y trônait. Mourotchka et Mourotchka y jetèrent un regard, le même que si elle leur avait entrouvert son âme. Le médaillon renfermait le portrait de Vladimir Kriatov, en personne, moustache et barbe comprises. Elle rabattit le couvercle du médaillon d'un claquement sec.

Mme née Bytchkova leur montra aussi son bracelet tzigane qu'il avait admiré à l'époque et leur permit de tourner dans tous les sens sa bague ornée d'un saphir, son dernier cadeau, qui avait passé trois années consécutives au mont-de-piété, mais qu'elle avait réussi, grâce à Dieu, à conserver, car, toujours grâce à Dieu, les années noires étaient derrière eux, leur fils était en passe d'obtenir la nationalité française et son diplôme d'ingénieur.

Mourotchka et Mourotchka étaient gênés. Ils changèrent de sujet de conversation et parlèrent d'autres personnes, du petit garçon et de la petite fille. Mme née Bytchkova le remarqua, et protégeant ses yeux de sa main, elle dit :

— Vous avez, sans doute, été surpris de m'entendre vous parler d'emblée de moi et de Vladimir Guiorguievitch. Il n'y a pas de quoi avoir honte et pourquoi en aurait-on ? La révolution a eu lieu, nous avons tout perdu, nous n'avons plus rien à cacher. Maintenant, on peut parler de tout. Après les malheurs que nous avons endurés, il n'est plus possible de garder des secrets. C'est pourquoi, je vous le demande, essayez de savoir si Vladimir Guiorguievitch est vivant ou mort afin que je puisse prier pour lui.

Ce n'était pas le moment de sourire. Elle haussait et abaissait ses sourcils, ses yeux étincelaient. Elle parlait à voix basse de choses simples sans faire de bruit : le crissement des chaussons de velours et le frou-frou de la robe de soie accompagnaient une démarche pesante.

— Tout de même, il est notre parent, dit Mourotchka. Il faut lui écrire à son ancienne adresse. Cette adresse se trouve dans le carnet jaune.

Pour Mme née Bytchkova, Vladimir Guiorguievitch Kriatov était devenu vivant grâce au carnet d'adresses jaune.

C'était comme si soudain, tout près, le coup de clairon avait enfin retenti dans son cœur. Sa vie était soudain devenue une vraie vie et non simplement une existence. Le souvenir des fleurs aux couleurs vives, l'espoir, le terrible et doux secret qui tourmentait son âme, tout cela ne faisait plus qu'une seule énergie qui ne cessait de se renforcer. Elle avait vu en rêve Kriatov sortir du carnet d'adresses jaune et venir à sa rencontre. Que dire ? Où porter son regard ? Toute la journée, elle ne pensait plus qu'à Kriatov malgré son attachement pour son mari. Sa vie à Billancourt était, d'un coup, devenue transparente et à travers elle la rencontre se profilait.

Roman Guermanovitch sonna encore une fois. On entendit un enfant pleurnicher – une petite fille certainement. Quelqu'un versait de l'eau tout en criant d'ouvrir la porte.

Mourotchka l'ouvrit toute grande, son visage exprima une immense joie, il claqua des talons en guise de salut. Mme née Bytchkova entra la première, salua et sortit de son sac à main un petit mouchoir de dentelle qui embaumait un parfum datant de Max Linder et de la conquête de la Crimée, qu'elle passa sur son front moite. Mourotchka se précipita à leur rencontre, et comme il fallait s'y attendre, son ventre était redevenu plat.

— Il est arrivé ! Il est arrivé ! chuchota-t-elle d'un air soucieux. Et pas pour rencontrer tendrement Mme née Bytchkova. Il s'est mis en route dès notre première lettre. Pour quoi faire ? Il s'est imaginé que nous vivions bien ici. Il ne sait où aller. Il aimerait trouver une place de palefrenier.

Elle conduisit les invités dans la salle à manger décorée d'un tableau au mur, et d'un abat-jour au plafond.

Kriatov était assis à table, la moustache et la barbe rasées, la bouche ouverte, prête à sourire. Il portait une sorte de veste de chasse verte et une chemise sans col, on aurait dit un métayer qui venait de franchir quarante verstes sans changer de chevaux ni sortir de la calèche.

— Mon oncle, voici Roman Guermanovitch et son épouse, dit Mourotchka. Il paraît que vous vous êtes connus dans les temps anciens.

Kriatov se souleva sans regarder, se pencha sur la petite main de Mme née Bytchkova, et dit :

— Mais comment donc, mais comment donc ! J'ai eu ce plaisir.

Il aurait été inconvenant pour elle d'exprimer ses sentiments en public. Elle lui tendit la main sur laquelle elle portait son alliance et la bague ornée du saphir qu'elle ne quittait jamais (sauf lorsque le bijou se trouvait au mont-de-piété). Kriatov déposa un baiser sur sa longue manche en satin et se rassit, sans attendre qu'elle prenne place autour de la table. Cela faisait trois jours qu'il n'arrivait pas à se remettre de son voyage : tant d'argent avait été dépensé et tant d'espoirs investis !

Il faisait frais dans la salle à manger aux volets à demi clos. Un buffet en chêne trônait dans un coin et des tasses blanches ornées d'un dessin bleu, rien que des petits traits et des crochets tels des signes de ponctuation, avaient été disposées sur la table.

— Il fait chaud aujourd'hui, dit Roman Guermanovitch et il s'assit avec un doux froissement. Il aimait parler du temps qu'il faisait. On dit qu'en ce moment, à Pétersbourg, il fait chaud aussi et que les nuits blanches continuent. Ces nuits blanches se produisent dans le Nord en mai et en juin. Un phénomène bien intéressant.

Mourotchka lui versa du thé.

— Les étrangers ne comprennent pas ce que sont les nuits blanches, poursuivit Roman Guermanovitch. Même notre fils, un futur ingénieur, ne le comprend pas. Vous arrivez, si je ne me trompe, de Serbie ? Un pays frère, slave. Et pourtant, il n'y a pas de nuits blanches là-bas.

— Non. Je n'ai pas remarqué, répondit Kriatov en mâchant.

Il avait enfin levé les yeux sur les invités, un regard hostile de vieillard qui fixait au loin et avec lassitude des détails qui n'intéressaient personne. Il tendit la main vers les gâteaux secs.

Mme née Bytchkova était assise, immobile, en face de lui. L'odeur du drap usé, de la naphtaline et du tabac parvenait jusqu'à elle. C'était une odeur agréable, particulière aux personnes âgées, que répandait Roman Guermanovitch, son mari.

— Et chez nous, c'est bien évidemment une petite fille, disait Mourotchka pendant ce temps en se balançant sur sa chaise. Vous voulez, bien sûr, la voir ? Nous l'avons baptisée le cinq et elle a été appelée Lidotchka. Vous, Roman Guermanovitch, vous devez absolument lui jeter un coup d'œil.

— Je serais ravi, ravi, susurra Roman Guermanovitch. A condition que cela soit hygiénique… je vous en prie, je suis à votre disposition.

On le conduisit dans la pièce voisine. Mme née Bytchkova fit un mouvement, mais resta assise. Kriatov prit un autre gâteau sec.

— Quelle légèreté, quelle insouciance stupide, dit-il en mastiquant et en s'essuyant les doigts sur la nappe. Par les temps qui courent, comment peut-on avoir des enfants ? On n'a rien à manger et les gens procréent. Ils passent leur temps à bercer l'enfant et ne peuvent même pas aider un vieux parent à s'installer. Ils ne savent que vous briser l'âme : Ah ! ceci, cela, vous êtes vivant, vous souvenez-vous de nous ? Je me suis dit que c'était une occasion de quitter ce trou perdu, de me reposer un peu l'esprit pendant le temps qui me reste encore à vivre. J'ai rassemblé quelques affaires, emprunté par-ci par-là et me suis mis en route. On me recommande d'entrer comme palefrenier, logé, nourri et même avec un salaire de trois cents francs que me donnerait un Bourbon qui a des prétentions à leur trône. Voilà c'est tout.

Elle prêtait l'oreille aux pleurs de l'enfant dans la pièce à côté.

— Vladimir Guiorguievitch, vous ne me reconnaissez pas ?

Elle se pencha vers lui par-dessus la table. Elle lui sourit, dévoilant une rangée de grandes dents fraîches et régulières, ce qui donna un coup de jeunesse à son visage.

Il la fixa de ses yeux de presbyte, recula sur sa chaise pour mieux la voir, mais ne dit rien.

Elle lui souriait toujours.

— N... non, madame, je m'excuse... Comment se fait-il ?

Mais en même temps son regard se posa soudain sur la forte main tzigane, sur l'anneau rehaussé du saphir.

— Aaah !... Oui, oui. En voilà une rencontre ! C'est seulement votre nom dont je ne me souviens plus.

— Varvara, Varia, dit Mme née Bytchkova.

Il la fixait maintenant. Son menton tremblait légèrement et deux larmes de verre brillaient dans ses yeux.

— Ah !... Enchanté. Surpris. Il y a si longtemps de cela.

— Oui, longtemps.

— Vous aviez un châle jaune, je me souviens. Votre appartement était voisin du parc Petrovski.

— Mais c'est vous qui me l'avez meublé.

— Oui, oui... Le châle jaune, comme maintenant... Tout cela a existé, existé...

Elle prêta de nouveau l'oreille aux voix dans la chambre voisine.

— Loin de tout, en hiver, dans le froid. C'était bien. Une vie passionnée, comprenez-vous ? Comment ? Tant de sensations. Ah ! ah !... à Moscou ?

Elle jeta un coup d'œil sur la porte. Elle avait si peur que quelqu'un n'entrât. Les mouches volaient autour de l'abat-jour, filaient sur les côtés, tournoyaient.

— Vous êtes seul maintenant. Etes-vous veuf ?

— Cela fait douze ans que je l'ai enterrée. Elle a succombé à une diphtérie. Une sainte femme. J'ai cru ne pas pouvoir lui survivre. Il n'y avait pas une autre comme elle sur terre. Un ange !

— Vous avez eu des enfants ?

— Un fils, un véritable voyou, excusez-moi, oui... Je l'ai fichu à la porte, je ne sais pas où il se trouve maintenant. On a dit qu'il avait pendu des gens.

— Vous aviez alors de grands biens ?

— Oui, oui. Des forêts célèbres dans la province de Penza, des bois pour la construction. On m'a tout volé.

Elle le regardait sans ciller et écoutait.

— Mais votre vie a-t-elle, quand même, été heureuse ? Avez-vous été heureux vous-même ?

— Tout à fait, tout à fait. J'ai été habitué à une vie respectable. C'est maintenant que les circonstances sont néfastes, on veut faire de moi un palefrenier. Comment ? J'ai pris de l'âge, je n'ai plus la même santé, après une telle vie, comment peut-on être en bonne santé ? Encore heureux que mes jambes me portent.

Il reprit un gâteau sec.

— Vous comptez rester longtemps ici ?

— Où voulez-vous que j'aille ? Je n'ai plus le droit de retourner. J'ai brûlé mes vaisseaux. Personne ne m'attend. J'ai, bien sûr, agi sans réfléchir. Là-bas aussi, j'étais à la charge d'autrui. La lettre m'a paru si chaleureuse, elle m'a touché. Je l'ai fait lire à l'amiral von Magen, un homme intelligent. Je lui ai dit : "Votre Excellence, un sixième sens m'appelle à Paris, une telle occasion ne se représentera plus." Et lui de me répondre : "Votre Excellence, si c'est vraiment votre sixième sens, alors ne le contrecarrez pas. C'est parce que nous avons contrecarré notre sixième sens que nous avons perdu la Russie."

Cette conversation l'avait échauffé, son cou était devenu cramoisi et s'était allongé.

— Et eux, ils me disent : "Ecoutez, mon oncle, vous ne nous avez pas compris. Nous, m'ont-ils dit, nous ne vous avons pas invité, on voulait seulement avoir de vos nouvelles."

— C'est ma faute, dit-elle. C'est moi qui vous ai attiré ici.

Il ne comprit pas et continua à s'agiter.

— J'ai tant voulu vous revoir une fois encore, poursuivit-elle. Je n'arrivais pas à croire que tout était fini pour toujours. Et en avril, lorsque j'ai appris que vous étiez vivant et que nous pourrions nous revoir… je ne comprends même pas comment j'ai pu tellement penser à vous. Ne vous étonnez pas de ma franchise, la révolution est passée, nous sommes tout nus les uns devant les autres, il n'y a plus de secrets et il n'y en aura pas. C'est pourquoi je vous parle ainsi. Je suis la seule coupable dans cette histoire, je vous ai causé du dérangement.

Il toussa et regarda de côté, ne comprenant pas tout à fait ce qui venait d'être dit. Elle retira avec difficulté l'anneau orné du saphir de son doigt, ayant, à nouveau, capté son regard.

— Voilà, dit-elle tout bas, votre bague. On peut en retirer beaucoup d'argent. Je n'en ai pas besoin, mon fils deviendra bientôt français et ingénieur. Mais, surtout, il ne faudrait pas que cela se sache.

Il devint tout rouge et se mit à mâchonner de telle façon que ses longues oreilles plates remuèrent de haut en bas.

— Permettez ! Non. Qu'est-ce que cela signifie ? Il n'y a que les lâches qui vivent des femmes…

— On m'a donné par trois fois cinq mille francs sans difficulté au mont-de-piété, dit-elle, tout bas, de sa voix profonde. On a eu la révolution. Nous sommes tout nus. On peut tout faire maintenant. Prenez.

Et elle lui tendit la bague.

— Si vous êtes aujourd'hui à la charge de quelqu'un, c'est ma faute. Pardonnez-moi. Prenez ma bague en dédommagement. J'avais tellement envie de vous voir, je vous ai tant attendu qu'à la fin je vous ai dérangé.

Il prit la bague et la serra dans son poing. Une veine en forme de fourche gonfla sur cette main qui avait perdu son aspect initial. Il voulut dire quelque chose, mais ne trouva rien d'approprié. Il ne faisait que la regarder de ses yeux clairs devenus soudain perçants. Elle fixa longtemps sa main, à l'endroit où s'était trouvée la bague et où, dorénavant, une légère ligne blanche remplaçait l'anneau, sans doute plus pour très longtemps. Puis elle retourna ses mains et se mit à examiner ses larges paumes aux lignes qu'elle connaissait bien jusqu'au moment où Mourotchka et Mourotchka, exténués et heureux, suivis de Roman Guermanovitch qui avait une tache sur le genou, entrèrent dans la pièce.

— Mon oncle, si vous ne craignez pas les courants d'air, nous pourrions ouvrir la fenêtre, dit Mourotchka.

Kriatov, plongé dans ses pensées, ne répondit pas.

— Vous pouvez, dit-il tout à coup, puis prenant sa respiration, il s'écria : Ouvrez vos fenêtres, vos portes, mettez au monde des enfants. Quant à moi, je déménage.

— Où ça ? s'exclamèrent les deux Mourotchka.

Il passa dans l'entrée et de là à la cuisine où se trouvaient ses affaires : un petit panier un peu tordu, une boîte tendue de satin contenant ses décorations, et un pommeau d'argent d'une canne qui n'existait plus. Il rassembla son bagage et entreprit de sortir.

Désemparé, Mourotchka le suivit dans l'entrée.

— Ecoutez, mon oncle, dit-il d'un ton vexé, c'est moi qui serai obligé de payer la note de l'hôtel *Caprice.* Qu'est-ce qui vous prend ? Avec quel argent ?

Mais Kriatov et son panier qui crissait étaient déjà dans l'escalier. Une casquette avec une visière vernie lui tenait lieu de chapeau. Il s'arrêta sur la première marche, se retourna, le visage tendu et un regard dément dans les yeux, il s'écria, pris d'un tremblement :

— Vous serez privés de mon héritage. Vous vouliez faire de moi un palefrenier ! C'est moi, maintenant, qui vais en employer un pour empêcher des gens comme vous de passer ma porte !

Mourotchka tira son mari vers l'intérieur et claqua la porte.

— Nous allons encore y être de notre poche !

— Arrête, dit Mourotchka qui se serrait tout contre lui en lui tiraillant le lobe de l'oreille comme cela lui arrivait les premiers jours après leur mariage. Il a de l'argent caché, c'était évident dès le premier instant : des gens comme lui ont toujours un magot.

Roman Guermanovitch se sentait terriblement gêné par toute cette scène, ce n'était pas pour rien qu'il avait des origines allemandes.

— Au revoir, au revoir, bruissait-il. Nous serons très heureux de recevoir votre visite et, bien entendu, avec votre petite miette. Nous vous sommes très, très reconnaissants.

Mme née Bytchkova avait peut-être entendu Kriatov menacer d'engager un palefrenier, mais cela n'avait plus aucune importance pour elle. Elle se dirigea vers l'entrée. Un cercle venait de se refermer autour d'elle, un vaste cercle, bruyant, difficile et heureux. Maintenant, ils étaient tous les deux dans la rue, une rue surchauffée qu'un vent citadin ne parvenait pas à rafraîchir. Ils n'avaient pas loin à aller. Son pas s'accordait à celui de son mari. Pendant toutes ces années, elle s'était habituée à sa démarche. La rue était déserte, ils ne rencontrèrent que deux personnes en tout, deux femmes.

Ces femmes étaient de celles qui étaient arrivées, la semaine précédente, dans des roulottes qui s'étaient immobilisées sur les berges. Ces femmes, qui, sans doute, ne s'étaient pas lavées depuis la Bessarabie, portaient des colliers, leurs jupes aux fleurs bleues tourbillonnaient autour de leurs jambes. L'une d'elles était âgée, au teint presque marron et aux grands anneaux d'or dans les oreilles. Elle portait un fichu vert sur la tête et des savates en peau de chèvre. L'autre femme était jeune, chaussée de souliers rouges aux talons pointus, une raie bien droite séparait ses cheveux et sa taille était cerclée d'une ceinture fermée par une boucle d'argent. Apercevant Roman Guermanovitch et son allure typiquement russe, même pour Billancourt, la plus jeune des deux femmes lui barra la route et posa sa longue main étroite aux bracelets tintinnabulants sur sa manche, en le regardant droit dans les yeux à la manière tzigane.

— Donne ta main, dit la jeune fille de sa voix chantante, pour que je te prédise une longue vie. Mets une petite pièce sur ta main et je te dirai toute la vérité et si ta femme te trompe. Allons donne !

Elle était élancée, gaie et avait certainement une jolie voix. Ses épaules étaient couvertes d'un châle jaune vif, semblable à une fleur de tournesol, dont les franges ébouriffées et d'une propreté douteuse s'accrochaient à la boucle de sa ceinture.

*1930*

# LE FANTÔME DE BILLANCOURT

Le jour où Nadia Bassistova (Nadejda Ivanovna), une femme élancée, mince, un chignon de cheveux clairs sur la nuque, mourut, M. et Mme Konotechenko firent part de la nouvelle à son mari qui se trouvait alors au Creusot. Il était le père de son fils. Négligeant le fait que Bassistov avait mis Nadia à la porte pour l'avoir trompé, les Konotechenko estimaient que le moment était venu pour lui de venir s'occuper du petit garçon qui avait été placé, momentanément, dans un orphelinat où on ne pouvait le garder éternellement. C'était un petit garçon bavard et rieur.

Les Konotechenko estimaient que Bassistov était entièrement responsable de la conduite de son épouse et lorsque, deux ans auparavant, Nadia était venue chez eux et leur avait loué une chambre en expliquant qu'il lui était absolument impossible de retourner chez son mari au Creusot, ils lui avaient répondu, en toute simplicité, que son mari était une brute.

Nadia avait rêvé de devenir femme de chambre, de porter des vêtements propres, de repasser le linge de soie de ses patrons, de cirer leurs chaussures, de vérifier leur argenterie et de servir différents plats riches parderrière l'épaule gauche d'invités inconnus d'elle. Malheureusement, l'existence de son fils ne lui permit pas de réaliser son rêve. Elle cessa même de penser que dans la vie la chance était du côté des privilégiés, et décida d'entrer à l'usine où, vêtue d'une salopette, elle passa son temps à recueillir des confettis métalliques qui tombaient d'un tuyau dans la paume de ses mains.

Le soir, elle recevait des hommes chez elle. Elle portait alors le matelas de son fils Lionka dans l'entrée pour permettre à l'enfant de dormir. Si, la nuit, il arrivait aux Konotechenko de traverser l'entrée, ils ne manquaient jamais de pester, avec un certain plaisir, contre Nicolaï Bassistov qui, à leur avis, avait gâché la vie de Nadia. Et parce qu'ils s'entendaient parfaitement et qu'ils étaient perpétuellement d'accord, ils y trouvaient une certaine jouissance.

Les visiteurs se conduisaient convenablement, n'exigeaient pas de boissons alcoolisées et se contentaient, la plupart du temps, de vins doux. Ils apparaissaient et disparaissaient sans faire de bruit, retenant la porte pour éviter de la claquer. Ils avaient parfaitement compris la situation.

Puis Nadia prit froid et mourut, si vite qu'on n'avait même pas eu le temps d'essayer de la soigner, ni de lui demander si elle désirait un médecin ou de l'aspirine. Qu'allait-on faire maintenant de Lionka qui riait aux éclats dans toute la maison ? Les Konotechenko firent enterrer Nadia aux frais de la ville, bien qu'elle fît partie du personnel de l'usine. Puis ils envoyèrent un mot au Creusot, l'adresse de Bassistov ayant été retrouvée dans ses affaires.

Pendant un certain temps, les visiteurs de Nadia continuèrent à venir et à demander après elle, ne voulant pas croire ce qu'on leur répondait et priant qu'on ne se paie pas leur tête. L'un d'eux, ayant apporté un casse-croûte, se mit en colère en exigeant que l'on dise à Nadia qu'il n'était pas un idiot et qu'il ne tolérait pas qu'on le traitât ainsi et que, de toute façon, il finirait par la retrouver. Mais la retrouver d'une manière concrète était devenu impossible. Les Konotechenko s'emportaient contre les visiteurs et se disaient, dans un accès d'une entente passionnée, qu'ils n'avaient jamais su qu'une telle quantité de visiteurs était venue dans leur appartement.

Nicolaï Bassistov se mit en route pour Paris cinq jours après l'enterrement, ayant laissé ses affaires à peu près en ordre. Il était à la fois triste et en colère contre sa femme qui ne lui avait jamais demandé pardon. Depuis le premier jour de sa vie solitaire, il avait attendu ce moment, son arrivée ou du moins une lettre d'elle. Pour lui, ces deux dernières années avaient été pleines à ras bord de cette attente. Personne d'autre qu'elle ne lui avait été aussi nécessaire, c'est pourquoi toutes ses pensées lui étaient consacrées et c'est aussi pourquoi il passait son temps à imaginer, dans sa pauvre tête, les conversations, lassantes et ennuyeuses, qu'il aurait avec elle. C'est pourquoi encore il ne se sentait jamais seul. Il s'entêtait à se convaincre toujours de la même chose : qu'il n'était pas homme à se faire oublier, qu'on revient toujours vers un homme comme lui, et que la vie lui réservait une minute heureuse, celle où il lui pardonnerait et l'autoriserait à revenir auprès de lui.

Il arriva à Paris le soir. Il n'y avait jamais mis les pieds. Il avait été engagé en Turquie, ainsi que deux mille hommes, pour travailler dans les aciéries. Depuis son arrivée au Creusot, il n'avait fait qu'attendre, n'ayant même pas changé de chambre pour que Nadia puisse le retrouver, le cas échéant. Il restait donc sur place, malgré le fait que les personnes qui l'entouraient et qui les avaient connus tous les deux l'ennuyaient et lui gâchaient la vie car il était obligé d'expliquer à chacun d'eux que ce n'était pas elle qui l'avait quitté, mais que c'était lui qui l'avait mise à la porte.

Il n'osait pas se montrer à Paris. Il craignait de la rencontrer et qu'elle ne pense qu'il s'était repenti. Il se disait : Je sortirai de la gare, j'irai à l'épicerie ou grignoter quelque chose dans un boui-boui et elle sera là comme par hasard. La ville a beau être immense, les coïncidences n'y manquent pas. La fierté se dessinera sur le visage de Nadia (pourquoi lui donner une telle joie ?) et il lui faudra alors s'approcher d'elle, lui expliquer jusqu'à ce qu'elle se mette à sourire : Surtout ne t'imagine pas que je suis venu te chercher.

Et voilà qu'il voyait Paris, la boîte aux lettres, la rue humide, le museau d'un percheron tout près de son oreille et une longue file de taxis sous une rangée de réverbères. Du haut du ciel nocturne, des flocons de neige atterrissaient faiblement sur ses lèvres et ses mains, si timides et si légers qu'on pouvait pardonner à une personne qui avait des soucis de ne pas les remarquer. Un vieux monsieur décoré ouvrit son parapluie, ne sachant s'il pleuvait ou s'il neigeait. Il voyait que le pavé était mouillé, mais quant à regarder le ciel, cela ne lui vint pas à l'esprit. Une vieille marchande de journaux, le nez enfoncé et les yeux rougis, d'un pan de sa jupe protégea de l'humidité une pile de journaux du soir.

Bassistov dépassa la file des taxis, cherchant quelqu'un à qui s'adresser pour demander son chemin. Il espérait trouver ne serait-ce qu'un visage familier, même inconnu, parmi les moustachus aux faces rouges, parfaitement aimables, mais, hélas ! un tel visage était introuvable. Une neige poudreuse recouvrait les toits sombres, les maisons en pierre de taille et les larges trottoirs qui témoignaient d'une capitale prestigieuse. Le fait d'avoir ses papiers d'identité en ordre lui donna, un instant, du courage. Il s'approcha d'un gardien de la paix.

Bassistov n'était pas très grand, les jambes légèrement arquées, les cheveux partagés par une raie au milieu du crâne, ce qui ne l'embellissait pas. Pour tout bagage, il avait une boîte en carton, de taille moyenne, qu'une ficelle entourait, et un vieux parapluie de femme. Il parlait avec insistance, d'une manière peu compréhensible, de sorte que le gardien de la paix ne le comprit pas immédiatement.

Billancourt et la rue Nationale étaient très loin. Le temps qu'il passa sous terre dans le train demeura pour lui un mystère. Il changea deux fois de ligne, une autre fois il se trompa et il lui fallut redemander son chemin. Lorsque Bassistov apparut enfin à l'air libre, la neige recouvrait le quartier, il faisait nuit noire, les étoiles brillaient dans le ciel, une ambulance avec son fanion fila devant ses yeux et disparut dans le lointain hivernal, en émettant une longue sonnerie lugubre.

Il longea les rues mal éclairées du quartier russe. Elle avait certainement dû y traîner plus d'une fois, sa Nadia, tirant Lionka derrière elle, tout en maudissant la vie. Où se trouvait donc sa courte jupette plissée qu'elle portait lorsqu'il l'avait chassée, et où était donc son petit chapeau aux bords irréguliers, laissant échapper ses boucles claires, qui lui tombaient sur le visage ? Où étaient ses longs doigts, si jeunes, si doux, dont elle recouvrait, selon une vieille habitude, son visage pâle et effrayé ? C'est ainsi qu'elle lui apparaissait pour la centième fois depuis toutes ces années et il savait, il savait pour sûr qu'elle viendrait vers lui, parce qu'il était bon, fidèle, aimant, un peu malhonnête, pitoyable et cruel, mais certainement pas plus qu'un autre, parce qu'il était quelqu'un vers qui, en fin de compte, on revient toujours. Hors cette certitude, il n'avait rien connu d'autre durant ces deux dernières années. Il serait le témoin de l'humiliation de Nadia, il entendrait sa voix lui dire qu'elle n'avait nulle part où aller et que sans lui, elle serait perdue, et que s'il ne la reprenait pas, ce serait la fin pour elle. Cette vision à la fois triste et heureuse, mais qui n'avait pas été raisonnablement approfondie, ne cessait de tourmenter son imagination.

Un tramway passa, il était rempli d'employés de la compagnie des transports. Un couple, qui attendait à l'arrêt et qui ne put y accéder, le regarda tristement s'éloigner.

Bassistov sonna à la porte de l'appartement. On le fit entrer et il se retrouva dans une pièce où des meubles avaient été entassés n'importe comment : un buffet, une table, un fauteuil, une commode. Mme Konotechenko était assise à la table, une femme dans la fleur de l'âge, assez forte, qui raccommodait une chaussette bleu ciel appartenant à son mari. La place habituelle de Konotechenko était en face de celle de son épouse. Un journal, russe bien évidemment, était posé sur la table.

Des petites annonces, en général cocasses, y étaient découpées, comme par exemple : "Recherche un descendant de Riourik pour séjour, logé et nourri. Se renseigner dans la deuxième cour en passant par l'entrée de service…" Ou bien encore : "Me rends à domicile. Fournis des rayons ultra-violets. Toutes distances. Garantie assurée…" Konotechenko lisait ces petites annonces à voix haute tandis que sa femme souriait.

En entrant, Bassistov pensa : "C'est là qu'elle a vécu, là qu'elle est morte, là qu'elle allait et venait et c'est de là qu'on l'a emportée." Les Konotechenko s'étaient levés et le regardaient tristement. Il était exactement comme l'avait décrit Nadia.

— Une jeune femme seule, par les temps difficiles qui courent, dit l'épouse de Konotechenko avec hésitation et en baissant les yeux pour éviter de regarder Bassistov. Abandonnée avec un enfant à son triste sort…

Bassistov s'assombrit.

— … Lorsqu'on n'a pas d'argent et que personne n'est là pour vous protéger, qu'on ne sait où aller, quoi manger, qu'on n'a pas de manteau chaud, et qu'en général…

— Où est Lionka ? demanda Bassistov.

— Lionka est à l'orphelinat. On ne peut pas le garder longtemps là-bas, répondit Konotechenko. C'est seulement pour les externes.

— Il a été accepté parce que nous l'avons demandé au prêtre, c'est-à-dire au pope. Il est bon et il a tout arrangé. Il nous a dit qu'on pouvait ne pas se presser pour le reprendre, qu'il pouvait y rester une petite semaine.

— Huit jours sont déjà passés.

— Dix.

— Neuf.

— Cela ne fait rien, on peut encore le garder. Mais si vous voulez, prenez-le, sinon, attendez un jour ou deux.

— Pourquoi attendre ? Je travaille. Je dois rentrer au Creusot, chaque journée d'absence est déduite. Inutile de discuter. Je ne peux m'attarder.

— … A notre époque, poursuivit la femme, être jetée à la rue, cela ne pouvait finir que par la mort. Bien sûr, il y a des gens qui ne comprendront jamais, la vie passe et cela ne les atteint pas, ils ne se repentent jamais.

— Je vous prie de ne pas me donner de leçons, dit Bassistov d'un air sombre. Je ne l'ai pas mise à la porte avec l'enfant, c'est elle seule que j'ai chassée. Si seulement elle m'avait laissé Lionka, la vie aurait été plus facile pour elle. Alors quoi, selon vous, je devais lui pardonner ? D'après quelle morale ?

— Vous l'avez chassée elle seule ? s'écrièrent les Konotechenko d'une seule voix. Comment aurait-elle pu vivre sans Lionka ? Si seulement vous aviez vu comme elle l'installait toutes les nuits sur son matelas dans l'entrée, vous auriez compris qu'elle ne pouvait vivre sans lui.

— Vous dites cela parce qu'elle est morte. Et si elle s'était remariée ici, vous ne m'auriez pas considéré comme une brute.

— Se remarier ! s'écria la femme. Comment pouvait-elle se remarier ? Elle n'avait pas le cœur à ça. C'était un petit oiseau, elle avait l'âme d'un oiseau du ciel. Ces femmes-là ne sont pas faites pour le mariage. Vous auriez dû le comprendre et lui dire : La nature t'a faite ainsi, je ne peux pas te juger, je t'aime, nous avons un fils et je ne te laisserai pas.

Bassistov eut un petit rire sarcastique.

— En voilà une morale. Des raisonnements de bonne femme. Tout à votre avantage et à mon détriment.

Il regarda Konotechenko d'un air significatif, comme s'il recherchait son soutien.

— Il y a toutes sortes de femmes, dit ce dernier d'un ton conciliant. Je pense que si on ne comprend pas vraiment une femme, alors il vaut mieux ne pas se marier.

Bassistov fut conduit dans la chambre, non chauffée, de Nadia. En plus d'un lit-divan, une étagère, qui avait été décrochée du mur, traînait maintenant sur le sol. Trois bouteilles vides ayant contenu du vin de Madère avaient été abandonnées dans un coin sous la fenêtre et près d'elles, il y avait la petite malle de Nadia qu'elle avait eu tant de mal, ce jour-là, à traîner d'une main tandis que de l'autre, elle tirait Lionka. Telle fut la vision qui se présenta aussitôt à l'esprit de Bassistov. Un jour blanc qu'en général, il valait mieux oublier. Lorsque les Konotechenko sortirent de la pièce, il tira la malle au centre de la chambre, s'assit sur une chaise et l'ouvrit. Le parfum douceâtre de Nadia lui chatouilla les narines. Dieu seul savait quand elle l'avait reçu en cadeau. Qui le lui avait offert ? Sans doute un amant, celui avec lequel il l'avait trouvée. Ce parfum ne faisait plus qu'un avec elle. Toutes ses affaires, ses vêtements, sa vie en avaient été imprégnés et en définitive ii l'avait étouffée. Sa robe en soie noire, maintes fois raccommodée et usée jusqu'à en devenir brillante, des bas troués, son chapeau roussi et terni, rempli de chiffons indiscernables, avaient été jetés pêle-mêle dans la malle. S'y trouvaient aussi les vieilles chaussures à clous de Lionka, un petit mouchoir de dentelle, un sac à main en imitation de crocodile et un peigne auquel il manquait des dents.

Plus il fouillait dans la malle, plus il sentait qu'il ne le faisait pas n'importe comment, mais pour trouver quelque chose de probant, d'humiliant, de honteux, quelque lettre, ou bien de l'argent, un bijou en or, pour pouvoir dire : "Regardez, elle acceptait des cadeaux, elle a dû drôlement s'amuser." Mais il n'y avait aucun bijou en or, ni argent, ni bout de papier. Avait-elle aimé quelqu'un ? Comment l'avait-elle aimé et pourquoi avait-elle vécu ainsi ? Il n'y avait pas de réponse. Seules trois bouteilles, qui avaient contenu du vin de Madère, témoignaient d'une manière insolente qu'il n'y avait pas si longtemps, quelqu'un les avait bues, seul ou en bonne compagnie.

Bassistov entra dans la chambre des Konotechenko sans frapper. Le mari était déjà couché et regardait attentivement sa femme se déshabiller. Bras nus, les coudes écartés, elle essayait de dégrafer son soutien-gorge dans le dos.

— Alors, pourquoi, puisqu'elle était si malheureuse, n'est-elle pas venue me demander pardon ? demanda grossièrement Bassistov. Je lui aurais pardonné, je souffrais peut-être moi aussi.

La femme de Konotechenko demeura pétrifiée.

— Elle n'y a jamais pensé. Veuillez sortir. Vous êtes prié de ne pas entrer sans frapper.

Cela ne lui était pas venu à l'esprit.

Konotechenko s'agita sous les couvertures.

— Quelle question ! Elle ne mentionnait jamais Le Creusot.

Bassistov resta debout dans l'entrée, après que les Konotechenko eurent claqué la porte qu'ils fermèrent à clef.

Il retourna dans la chambre de Nadia et s'assit sur le lit-divan. Un sentiment étrange l'avait envahi : il avait l'impression que c'était lui qui était venu vers elle et non le contraire. Il voulait qu'elle l'écoutât pendant qu'il allait lui parler de son amour, lui demander pardon, la supplier de revenir auprès de lui. Ce qu'il ressentait, dans l'état de torpeur dans lequel il se trouvait maintenant, ce n'était ni la fierté, ni l'amour-propre, ni l'offense, mais le fait qu'il n'était plus possible de lui dire que cela lui était égal de savoir comment et avec qui elle avait vécu, avec qui elle avait bu le vin de Madère, et qui elle avait serré dans ses bras sur le lit-divan. Il était venu lui demander de ne pas le repousser, et de toute façon, elle s'en serait allée, après avoir jeté un regard dans le miroir, les hanches minces, les jambes longues, silencieuse, et comme toujours, il ne lui aurait posé aucune question et même lorsqu'elle serait revenue, il ne lui aurait rien demandé non plus, il aurait simplement été heureux de la revoir.

Cette torpeur le quitta aussi vite qu'elle l'avait saisi. Il reprit ses esprits, avec l'impression de s'être endormi pendant qu'il était resté assis sur le lit-divan. La malle était toujours éventrée et, à travers la fenêtre, une lune opaque était apparue dans le ciel, la neige avait fondu sur les toits. Il était tout seul. La rencontre n'aurait pas lieu, ni ici ni ailleurs. Il s'était toujours douté que cet ailleurs n'existait pas, cela était évident.

Le lendemain matin, les Konotechenko, avant de se rendre à leur travail, le prévinrent qu'ils lui faisaient confiance, tout étranger qu'il était pour eux, pour ce qui était de l'appartement et de la clef, mais qu'à Billancourt, chacun était, en général, connu de la police. Ils s'en allèrent et Bassistov se rendit aussitôt dans leur chambre pour savoir à quel genre de personnes il avait affaire. Il passa tout au crible, trouva des tiroirs et des portes fermées, puis s'intéressa aux photographies qui ornaient les murs, des photographies pâlies et poussiéreuses. Sur les unes, on voyait des hommes, les mains sur la couture du pantalon, les cheveux coupés très court, les bottes hautes et les chemises brodées et boutonnées sur le côté. Quant aux femmes, les pommettes saillantes, elles portaient des vestes larges et étaient tête nue ; sur d'autres, les hommes arboraient des redingotes et des pince-nez, les femmes étaient coiffées et leurs robes serrées à la taille. Bassistov ne réussit pas à découvrir qui des deux époux Konotechenko avait fait une mésalliance. Une miche de pain de la veille était posée sur le buffet. Bassistov, n'y tenant plus, l'engloutit. Il n'y avait rien d'autre dans le buffet. Passant dans la cuisine, il but le reste du lait. Il jeta un regard par la fenêtre, il ne restait plus rien de la neige d'hier, tout était noir, humide et ennuyeux.

Il sortit traîner dans les rues, sur la place où des jeunes filles de l'Armée du Salut distribuaient des tracts aux passants, où Kozlobabine était en train d'ouvrir son magasin et de décharger sa marchandise et où, au loin, on entendait brailler un gramophone enroué. Il longea les murs de briques derrière lesquels l'usine vrombissait. Les rues étaient désertes et silencieuses à cette heure. Il allait chercher Lionka en pensant qu'il ne le reconnaîtrait pas, qu'il ne pourrait pas le distinguer dans la foule des autres enfants. Et si, tout à coup, on lui en donnait un autre à la place de Lionka, cela provoquerait des complications à n'en plus finir et un tas de malentendus.

Il ouvrit le portillon, traversa une cour carrée, coincée entre des immeubles de cinq étages, et gravit les marches du perron. A l'étage supérieur, des voix enfantines récitaient doucement des vers ou des prières. On le fit entrer dans la salle à manger où des dessins de couleur bleu ciel représentaient des tapis, des personnages et des bateaux à voiles. Par la fenêtre, il aperçut le facteur qui passait, un chat traversa la cour. La directrice entra suivie de l'incroyable vacarme que firent les enfants en dévalant l'escalier. On lui amena Lionka, qui aurait dû se moucher depuis longtemps, mais qui était plein d'entrain et en bonne santé.

— C'est ton petit papa, dit, entre autres, la directrice. Dis : Bonjour, petit papa !

Il sembla à Bassistov que Lionka lui ressemblait beaucoup plus qu'auparavant. De toute façon, c'était son fils, il n'en doutait presque pas. Il l'embrassa sur le front. Lionka éclata de son grand rire rapide et demanda pourquoi il était venu. Et repartirait-il bientôt ? La vie n'était pas aussi simple pour Bassistov qu'il l'avait cru ces derniers temps, la vie était devenue, soudain, particulièrement compliquée. Il remplit ses poches des objets appartenant à Lionka et sortit avec son fils.

Pour commencer, ils se promenèrent, se reposèrent sur un banc du boulevard, déjeunèrent, puis rentrèrent à la maison pour faire la sieste. A peine réveillés, ils se mirent à parler. Bassistov dévisageait Lionka et Lionka en faisait autant de son père. La conversation portait, bien entendu, sur Nadia. Bassistov dit à son fils qu'ils partiraient ensemble pour Le Creusot le lendemain matin où Nadia les retrouverait. Lionka s'effraya, ne partirait-elle pas plus loin, sans les attendre ? Il vaudrait peut-être mieux voyager aujourd'hui, mais Bassistov le rassura. Puis, lui ayant fourré un bonbon en chocolat dans la bouche, il l'assit sur son genou et prenant son courage à deux mains, il se mit à le questionner : comment avait été la vie avec maman ? Qu'avaient-ils mangé ? Où étaient-ils allés ? Se disputaient-ils ? Mais Lionka répondait, tout le temps, la même chose : qu'ils avaient parfaitement bien vécu, qu'ils mangeaient beaucoup, qu'ils allaient à l'église et ne se disputaient jamais. Soudain, l'enfant éclata en sanglots et se mit à donner des coups de pied à Bassistov et à la question posée par son père – se souvenait-il de lui ? –, il hurla, versant des larmes de colère : Non !

Evidemment, ce ne pouvait être que Nadia qui avait enseigné un tel comportement à l'enfant. On voyait, clairement, qu'elle n'avait jamais eu besoin de Bassistov, et peut-être même avait-il été une gêne dans sa vie scandaleuse. Elle avait dû avoir une vie très gaie, s'adonner à des beuveries, peut-être aussi qu'un quelconque commerçant de Billancourt l'avait entretenue, ou alors, avait-elle volé quelqu'un en étant ivre elle-même ? En un mot, il était évident qu'elle ne recherchait pas son pardon. Il lui sembla incroyable que, le soir de son arrivée, il ait pu inventer des mots à vous tirer des larmes des yeux, s'humilier, se désespérer et regretter quelque chose. Il repoussait de son esprit le souvenir de la soirée précédente, lorsqu'il était resté assis devant la malle éventrée. Dieu soit loué,

Nadia était morte. Autrement, qu'aurait-il fait avec elle ? Si son âme était celle d'un oiseau, que d'ennuis n'aurait-il pas eus avec un tel oiseau, et combien de souffrances ! De longues années se seraient écoulées au Creusot et il serait toujours là, comme un imbécile, à l'attendre.

La nuit était venue et la neige s'était remise à tomber, mais c'était de la neige fondue. Lionka jouait avec ses vieux souliers à clous. Les ayant chaussés avec chacune de ses mains, il se mettait à quatre pattes en disant :

— Papa, je suis un lion.

Bassistov prêtait l'oreille, faisait les cent pas dans la chambre, puis sortait dans l'entrée se réchauffer auprès du poêle en fonte. Lionka, toujours à quatre pattes, rampait derrière lui :

— Papa, je suis un tigre.

Lorsque les Konotechenko rentrèrent, fatigués et ayant faim, Bassistov se rendit chez eux pour prendre congé.

— On va dîner à la gare, puis nous prendrons le train.

Lionka s'apprêta à pleurer, mais on évita le pire. Les Konotechenko n'étaient pas particulièrement aimables avec Bassistov, par contre, ils étaient affectueux avec Lionka. Il n'y avait plus rien à dire. Bassistov s'excusa d'avoir mangé le pain, n'ayant pas pensé qu'ils pourraient en avoir besoin.

— J'étais distrait, je vous prie de m'excuser...

Le couple tripotait Lionka derrière les oreilles. Bassistov se souvint du lait, à la dernière minute, mais ne dit rien. Tous les deux descendirent l'escalier, la porte claqua derrière eux.

*1931*

# KOLKA ET LIOUSÉNKA

Nous sommes toujours en vie !

Je ne veux pas dire, par là, qu'aucun de nous n'ait tâté, au moins une fois, au cours de l'année dernière, d'un couteau, d'un somnifère, du gaz ou d'une balle dans le cœur (un militaire est toujours attiré, dans un moment difficile, et ce jusqu'à un âge avancé, par les balles). Des morts naturelles s'étaient produites dans la rue, à l'hôpital ; nous avons d'abord perdu des colonels et des lieutenants-colonels (je ne compte pas les généraux qui, dès qu'ils avaient pris le volant, ne l'avaient plus lâché). Il y a eu également des cas tangents, où tout avait été entrepris pour ranimer et sauver un être astucieux et sachant comment s'y prendre, transformant pour quelques heures la chambre ou l'appartement en un navire qui coule, en un train qui vient de dérailler ou en une maison ravagée par un incendie. Eh oui, de tels cas ont bien eu lieu… Mais, malgré cela, nous sommes toujours en vie !

Par une pluvieuse journée sans joie, résonnent à nouveau les accents de la *Marche funèbre* de Chopin, façon fox-trot, que hurle le gramophone du *Cabaret* ; la petite main de Mme Klava s'élance, une fois de plus, sur le pavé mouillé, un fichu sur la tête, acheter du pain à la boulangerie où trône un sapin artificiel aux décorations ternies, et que depuis Noël on n'a pas eu le temps de retirer. Le vent venu du fleuve s'engouffre dans les rues jonchées de branches des platanes. Et tant pis s'il existe à Paris des individus ayant pris conscience de ce que leur vie comporte d'irréparable, car il n'y a pas de lieu plus irrémédiable que notre cher Billancourt.

Nous fûmes nombreux à respirer, à soupirer et à étouffer ici. En automne, les feuilles bruissaient sur la place, l'été la poussière tourbillonnait devant les grilles de l'usine Renault, faisant tousser les petits enfants ; au printemps, les chômeurs se rendaient sur les berges, un journal posé sous la nuque, pieds nus, tous exclusivement jaunes, et les yeux clos, restaient couchés des journées entières, tandis que le soleil accomplissait son cycle dans le ciel. Et tous les soirs, au crépuscule, alors que, dans le lointain, les trois cheminées qui soutenaient notre ciel de Billancourt devenaient mauves, fondant à l'horizon pour disparaître jusqu'au lendemain. Au delà des cordes à sécher le linge, enjambant l'alignement de tous ces pieds identiques, une femme, un plat à barbe, un blaireau et un rasoir dans les mains, venait proposer, chaque jour, à ces hommes allongés, de les raser pour cinq sous. Ils se redressaient alors légèrement, et cette femme, noire, décharnée et vieille, les barbouillait, les barbouillait de son blaireau. Des jeunes filles excitées par le printemps et le spectacle de la ville parcouraient les rues en poussant des cris aigus. Les femmes dont étaient issues ces fillettes regardaient calmement et sérieusement au loin, en poussant devant elles leur landau. Nombreuses étaient celles dont le bébé était un petit Chinois tout jaune, tandis que deux ou trois autres petits enfants s'accrochaient à leurs jupes. Il arrivait aussi que la tête d'un petit enfant noir que le lait maternel avait éclairci se dressât hors du landau ; d'autres fois c'était tout simplement la frimousse d'un bébé français, tout rose et blanc, qui surgissait.

Le printemps et l'été passèrent ainsi, entre un ciel bleu et un soleil immuables, l'odeur de mazout répandue dans les rues, le grondement de l'usine derrière ses hauts murs, la cruelle routine des jours ouvrables et l'inutile et brutale distraction des dimanches. Au début, on travaillait cinq jours et demi par semaine, puis cinq jours seulement, ensuite quatre et enfin trois jours et demi par semaine. Et ainsi jusqu'au mois d'août ! Le mois le plus triste de toute l'année en Europe.

Il y en avait peut-être qui étaient ravis de cette tiédeur, de ces petits nuages dans le ciel, de la mer, des villas et des routes lointaines, toutes choses qui attendrissent l'âme des civils et des dames, mais les anciens militaires, eux, n'en avaient cure. Et lorsque, soudain, un bruit métallique retentissait comme un coup de gong, que quelqu'un sifflait entre ses deux doigts et que le premier vent d'automne se mettait à souffler, accompagné de l'obscurité, de la pluie, et d'une infinie nostalgie, notre cœur revenait aussitôt à sa place dans notre poitrine.

Redresse-toi (racle-toi la gorge) ! Ne te laisse pas aller (le dos bien droit) ! Resserrons les rangs ! Si, un jour, tu as été créé à partir de l'eau et du sel, ce jour-là est très loin. Aujourd'hui, tu dois être en béton.

Et voilà, nous sommes toujours vivants. L'automne est passé, janvier est déjà là, prolongeant les fêtes de Noël. La douceur humide de l'air, le soir, sous les étoiles ou sans elles, annonce déjà les premières appréhensions du printemps. On dit qu'il faut en chercher la raison dans la crise mondiale qui touche tout un chacun.

Et d'ailleurs... Ceux qui sont confortablement couchés sur les bancs de la place et qui n'ont pas eu la chance, en ce monde, de posséder un salon ou une salle à manger, ceux-là rêvent souvent du printemps, quand on peut manger moins et boire plus (de l'eau pour calmer le goût du salé). Il y en a que ce genre de vie arrange. Aujourd'hui, transis de froid, ils dorment toute la journée, et la nuit ils disparaissent quelque part : dans un immeuble en construction, dans une halte pour tramways, derrière une palissade privée, ceux-là, ils ont absolument besoin d'une température estivale. Il n'y a rien à faire ! Alors, que vienne le printemps ! Quant à nous, dont les maisons sont à peu près chauffées et dont l'âme est prête à errer dans toutes les directions, nous tâcherons de ne pas trop nous ramollir, de ne pas trop nous déprimer, et de ne pas nous attendrir sous prétexte de tous ces légumes frais, des lilas et des rossignols.

Et Veselovski ? Que désire-t-il ? Est-il possible qu'il ne puisse émettre un souhait ? Il possède un poêle qu'il chauffe au minimum, un jour sur deux. Son lit a beau être étroit, il est en ordre et Veselovski y dort parfaitement. Cela nous le savons, car la nuit, nous entendons son lit grincer, et aussi sa toux sèche qui se prolonge, une toux qui ne fait pas peur, car Veselovski n'est plus tout jeune. Il est vieux, il a cinquante-trois ans.

Il faut tout de suite ajouter que sa personnalité est extraordinaire. Des rumeurs avaient couru selon lesquelles il avait été un malfaiteur dans le passé. On lui attribuait une histoire avec deux fillettes dans une ville d'eaux ; il aurait également tué, à la dernière minute, un certain fonctionnaire ; à Constantinople, il aurait été impliqué dans une affaire de diamants, dont on n'avait jamais retrouvé la trace. Bien plus tard, à Paris, un tout petit diamant avait brillé dans le nœud de sa cravate, mais il avait très vite disparu. Il était employé dans un établissement franco-russe où on le conservait surtout en raison de ses bonnes manières, de sa connaissance de la langue française et de son habileté à faire évincer tous les employés d'origine russe – jusqu'au jour où il fut licencié lui-même. Il avait fini par lasser tout le monde. La dactylo lui avait intenté un procès pour avoir essayé quelques plaisanteries sur elle. Les livres comptables présentaient également des irrégularités. Il descendit alors l'escalier comme cela se fait au théâtre, les épaules basses, le manteau devenu soudain élimé et roussâtre. Il avait claqué la porte, comme dans les romans, si violemment qu'un morceau de plâtre du plafond s'était éparpillé sur son épaule.

Dans la rue, chez lui, et dans quelques bureaux où il s'était rendu, il fut soudain visible qu'il était devenu un vieillard, un grand vieillard dont personne ne se rappelait les bonnes manières, l'habileté ; et seule sa connaissance du français était demeurée – une incongruité chez une personne au manteau élimé et au menton non rasé. Mais c'était surtout sa nuque dégarnie, rappelant celle d'un singe chauve, ses cheveux tombant en touffes sur son col parsemé de pellicules et découvrant les plages dénudées de son crâne. Il avait toujours été élancé, et même, disait-on, un fort bel homme. Il fut un temps où il avait eu un monocle et de fins mouchoirs de fil, de la taille d'une serviette, qu'il parfumait. Il y avait de cela bien longtemps.

Qu'y avait-il là d'extraordinaire ? En réalité, alors que tout allait, en quelque sorte, de soi : ex-crapule, seigneur décavé, de bonne race mais aux manières vulgaires, il avait touché le fond et s'était laissé aller – rien que de trop normal ! Pourtant, dans la vie nouvelle de Veselovski, il y avait quelque chose qui était digne d'être raconté.

Pour commencer, il faut dire que les dimanches, Veselovski recevait la visite d'un petit garçon et d'une petite fille, et ce n'est pas parce que ces enfants venaient chez lui non accompagnés, mais c'est surtout parce que chaque enfant ignorait l'existence de l'autre. La fillette venait le matin, vers onze heures. Elle ne restait jamais au delà d'une heure et repartait déjeuner chez elle. Le petit garçon arrivait après deux heures de l'après-midi et s'en allait après cinq heures. Tous les deux appelaient Veselovski papa et même petit papa, il s'agissait donc de ses propres enfants, mais de mères différentes.

La fillette avait à peine quinze ans. Un jour d'hiver, alors que la neige blanchissait les toits et que les gens se rendaient à l'église, et qu'elle était vêtue de son petit manteau de fourrure, on aurait pu la prendre pour une vraie jeune fille. Elle sonnait à la porte. Veselovski accourait dans l'appartement vide que ses propriétaires avaient quitté pour se rendre à l'église, la faisait entrer et déposait un baiser sur la joue de la petite.

— Bonjour, Liousénka !

Et chaque fois, il avait le sentiment qu'elle le rendait heureux pour l'éternité, mais que sa visite était inutile.

La petite appartenait à une famille riche. Veselovski était gêné de sa pauvreté. Elle portait des robes claires et gaies, ses cheveux étaient coupés court. Elle s'asseyait sur le lit et se mettait à déballer les paquets qu'elle avait apportés. Toujours quelque chose de surprenant, acheté dans un magasin de produits de luxe, quelque part loin, dans un autre monde où personne parmi nous ne mettait les pieds. Nous avions, peut-être, aperçu les vitrines, en passant devant ces magasins où les saucissons pendaient du plafond à nous faire battre le cœur. Certains ont le cœur qui bat à la vue d'un fleuriste ou d'un magasin de chaussures, il y avait aussi quelques originaux qui s'émouvaient à la vue d'une librairie. Mais, un soir dans la capitale, dans une longue rue humide, lorsque tout est en place : les ombres violettes, les lumières orange et lorsque arrive un moment heureux pour l'un de nous, nous nous attardons à admirer les rôtis, les terrines de pâté et le poisson en gelée, sans pouvoir nous détacher de cette vision.

Puis, la petite prenait vingt-cinq francs dans sa poche et les tendait à Veselovski. Il savait que cet argent lui appartenait en propre. Il le prenait alors avec une petite hésitation et le rangeait. Puis, il installait une cafetière sur le réchaud à alcool, lavait deux timbales et se mettait à fumer. La petite lui racontait alors ce qui lui était destiné, choisissant parmi les faits de la semaine précédente les plus anodins, les plus ordinaires, le reste ne devait pas le concerner. Elle ne mentionnait sa mère et son beau-père que très peu, comme par mégarde : ils devaient partir à la neige. Elle restait à la maison avec le petit fox-terrier et la gouvernante anglaise (qui, d'ailleurs, était, en ce moment, au café du coin à l'attendre).

— As-tu déjà des amoureux ? demandait-il avec un petit sourire en coin.

Et elle de répondre :

— Oui, toute une longue file.

La visite lui devenait vite pesante, elle ne savait plus quel sujet aborder, sachant parfaitement qu'il y avait encore beaucoup de choses à raconter dont, une fois pour toutes, il ne fallait jamais parler comme par exemple : sa mère, son beau-père, son école. Sa mère ! Il se persuadait qu'elle parlait de Lida, cette Lida pour laquelle, vingt-cinq ans plus tôt, il avait tenté de se suicider, qui l'avait quitté, qui avait obtenu le divorce et qui avait disparu de sa vie.

— Bon, papa, je dois m'en aller, disait la petite après avoir jeté un coup d'œil sur sa montre qui enserrait son étroit poignet. Papa, tu devrais…

Mais elle se taisait.

— Je te remercie, Liousénka, disait-il alors. Pourrais-tu demander, pourvu que cela ne dérange pas, s'il n'y aurait pas un costume usagé chez Vsevolod Petrovitch ? Demande-le, penses-y. Je passerai, il n'y a qu'à le déposer chez le concierge.

C'était son père, le même qui l'avait promenée en calèche à Pétersbourg, cette calèche dans laquelle le grand chapeau à plumes de maman n'avait pu entrer, la portière étant trop étroite. On en avait longtemps parlé après ! La petite savait qu'elle venait ici, non de sa propre volonté, mais à la suite du jugement prononcé par le tribunal. C'est ce que sa mère lui avait expliqué. Il le fallait ainsi. Il lui tenait ses gants pendant qu'elle attachait la boucle de sa ceinture. La voilà, maintenant, sur le point de sortir, très grande pour son âge, sa silhouette rappelait celle d'une amphore d'une forme originale, ou peut-être encore quelque plante d'appartement ou peut-être autre chose.

Il se dépêchait de déjeuner, de ranger sa vaisselle et de jeter un coup d'œil sur le journal. Les propriétaires de l'appartement prenaient leur repas derrière la cloison. Ils mangeaient toujours longtemps et en silence, bien que le dimanche, toute la famille se réunît, environ huit personnes, pas moins. On n'entendait rien, tous étaient occupés à manger, une occupation qui leur prenait au moins deux heures. On entendait seulement la vaisselle qu'on entrechoquait dans la cuisine.

La sonnette réveillait Veselovski. Les propriétaires avaient ouvert. Kolka longeait le couloir sombre jusqu'à sa porte, tâtonnant jusqu'à trouver la poignée. Puis, il entrait sans frapper et se jetait au cou de son père, s'installait sur ses genoux en le prenant par ses oreilles pâles et plates et tout cela avec un tel rire, avec un tel éclair dans les yeux que Veselovski ne pouvait s'empêcher de sourire, lui aussi, en chahutant son fils, qui exhalait l'odeur de la rue et du savon de Marseille.

Un des deux billets de dix francs donnés par Liousénka passait immédiatement dans la main de Kolka. Puis ce dernier engloutissait les restes du poulet et un morceau de lard fumé.

— Tu dois être millionnaire, lui criait-il. Je leur ai dit, à la maison, que tu devais être millionnaire pour manger d'aussi bonnes choses.

Et eux, ils disent que tu vas bientôt mendier à la porte de l'église. T'as pas une cigarette ? Non, ce n'est pas la peine. Je voulais te taquiner pour te faire peur. J'ai piqué une pomme hier à l'épicerie de Kozlobabine.

Il s'écroulait au travers du lit, étouffant de rire, dressant en l'air ses jambes, dont les pieds étaient chaussés de souliers à clous que Veselovski avait presque le temps de compter.

— C'est un péché que de voler, disait-il. On vous met en prison pour cela.

— Mon oncle dit que tu as passé ta vie à voler et que tu n'es jamais allé en prison.

— Et toi, Kolenka, tu n'as pas pris ma défense ?

— Mais, c'est peut-être vrai ? Qui sait !

Il glissa du lit, s'assit sur les genoux de Veselovski et posa la paume de sa main sur la calvitie de son père.

— Tu sens le parfum, dit-il d'un air méfiant. Un millionnaire qui se baigne dans du parfum.

Kolka rendait visite à son père, non pas parce qu'un jugement de tribunal l'avait ordonné, mais de lui-même. Il n'était pas le produit d'un mariage, ni d'un divorce. Tout avait été très simple. A la va-vite. Et pourtant, c'était son fils, de cela il était convaincu.

Kolia serrait le billet de dix francs dans une main, et de l'autre il touchait à tout : la robe de chambre graisseuse, en velours, le blaireau, un vieux guide touristique, mais ce qui l'étonnait le plus, c'était la taille de la pièce qu'occupait son père, car, lui aussi, il habitait dans le quartier, dans une seule pièce séparée de la cuisine par un rideau, où logeaient sa mère, un homme qu'il appelait oncle, ses deux demi-sœurs âgées de deux et trois ans, et lui-même.

Pendant ce temps, Veselovski réfléchissait : c'est fou ce que Kolka pouvait ressembler à sa mère ! Les mêmes yeux insolents, le nez retroussé, les mêmes cheveux clairs. Et puis, en voilà assez ! Est-ce que tout cela avait vraiment existé ? Si Kolka n'avait pas été là, on aurait pu penser qu'il n'y avait rien eu du tout, et à vrai dire, qu'y avait-il eu ? Tout s'est fané, les années ont passé, rien n'en est resté. Permettez, comment cela, il n'en est rien resté ? Cela ne vous suffit donc pas : les cheveux gris, les rides, la toux toutes les nuits, le lumbago, l'absence de sept dents, des lunettes pour lire ? Que vous faut-il de plus ? Par temps humide, les genoux font mal et le café fait palpiter le cœur.

Il était difficile de se débarrasser de Kolka. Promettre une visite au jardin zoologique, une promenade en canot sur le lac du bois de Boulogne, un ballon de football. Une idée étrange surgit soudain dans l'esprit de Veselovski. Il n'eut même pas le temps d'y réfléchir, elle lui était venue en un éclair, il s'y accrocha.

— Dimanche prochain, viens le matin. Je te ferai faire la connaissance d'une petite fille. Veux-tu ?

(Il va regretter cette initiative, il est peut-être en train de faire une bêtise.)

— Pourquoi, je ne peux pas venir l'après-midi ? T'as l'intention de partir ?

— Non, pas du tout, comme ça.

— Je vais leur dire que tu as l'intention de partir. Que tu vas t'envoler à l'étranger en avion. Ils seront drôlement étonnés.

— Pourquoi veux-tu leur dire cela ?

— Je leur dirai que tu es parti acheter une automobile.

— Bon, bon, raconte ce que tu veux.

En guise d'adieu, Veselovski offrit une gorgée de vin à Kolka. Ce dernier l'avala avec bruit et se frotta le ventre, un sourire jusqu'aux oreilles.

Veselovski comprenait parfaitement que cette rencontre ne donnerait rien de bon, qu'il était en train de gâcher sa vie et même qu'il le faisait avec un certain plaisir. Les visites pourraient cesser. Il jouait un jeu dangereux et cette fois-ci, il ne sortirait pas indemne de l'aventure. L'homme est une étrange créature, il ne cherche pas toujours son bonheur, il veut, oui, oui, il recherche activement son propre malheur, comme s'il n'en avait pas assez de cette cruauté, de ces pertes, de ces malchances, de ces échecs et de ces humiliations. Tout est brisé et voilà qu'il s'efforce encore de réduire à néant le dernier petit tesson, de le briser, de l'écraser, de le pulvériser. Il est encore temps d'y remédier, si peu que ce soit, mais il ne veut rien changer. Ayant saisi par la queue une idée qui lui a passé par la tête, il se trouve maintenant au bord du précipice. Après tout, qu'est-ce que cela peut bien faire ? Les grands mots ne signifient plus rien. Il n'y a aucun précipice. Tout cela, ce sont des bêtises, des détails. Ils ne valent même pas la peine d'y penser.

Le samedi soir, Veselovski s'était rendu dans un club où il allait rarement et où on l'accueillait froidement. On disait même qu'il était temps de l'expulser et de lui retirer sa carte de membre. Qu'il aille au diable ! Il prêta l'oreille aux conversations, toujours les mêmes : trois cents ans de règne des Romanov. Lui, il avait son opinion, de sorte qu'on le laissait tranquille. De retour chez lui, il eut, la nuit, de nombreuses quintes de toux, il allumait et éteignait la lumière, faisait les cent pas dans la chambre. Le lendemain matin, il procéda à sa toilette, retira une toile d'araignée sous le plafond et alluma le poêle. Et lorsque la chaleur se répandit, il eut envie de dormir et de ne pas répondre aux coups frappés à sa porte.

— Aujourd'hui, Liousénka, dit-il doucement à sa fille, un petit garçon viendra me rendre visite, il est un peu mal élevé parce qu'il est pauvre. Je vais te dire, Liousénka, j'ai été marié après que vous m'avez quitté. Ce petit garçon, il est, si on peut dire, le fils de mon deuxième mariage.

— Ah ! dit Liousénka en déballant un grand paquet entouré de papier brun et qui contenait un kilo de saucisson à l'ail, un pot de confitures et une paire de pantalons gris à rayures.

— Cela ne te fait rien ?

— Non, pourquoi donc ? Tout le monde a des enfants. Tu aurais pu m'en parler plus tôt.

— Je craignais que cela ne te semble étrange.

— Non, cela m'est égal. Tu vas faire du café ?

— Il n'y a plus de café. J'ai du thé.

— Essaie les pantalons.

A vrai dire, tout cela lui était égal, et maintenant tout lui paraissait terriblement ennuyeux dans cette pièce poussiéreuse et froide, elle avait envie de rentrer chez elle. Si elle venait chez son père, ce n'était pas parce qu'un juge en avait décidé ainsi, mais parce qu'il lui semblait qu'elle se montrait pleine d'indulgence, elle, l'unique, l'intelligente et la jolie, vis-à-vis de sa pauvre vie à lui. Elle était, vraisemblablement, son unique joie, et cela lui faisait plaisir de le savoir. Et quoi ? Voilà que maintenant elle n'était plus la seule, il y avait quelqu'un d'autre. Elle eut soudain envie de casser quelque chose, de dire une grossièreté, elle fit tout pour ne pas éclater en sanglots.

— Non, ils sont trop petits pour toi, dit-elle avec cruauté, en jetant un regard sur Veselovski qui avait enfilé les pantalons du mari de Lida, qui lui allaient parfaitement.

— Pas du tout. Ils me vont tout à fait bien.

— Non, je vois qu'ils sont trop petits pour toi. Je vais les reprendre.

— Liousénka, il n'y a rien à leur reprocher, on n'a même pas besoin de les rallonger.

— Non, non, tu ne te vois pas de derrière. Dès ce soir, ils vont craquer. Enlève-les.

Il se retira dans un coin de la pièce pour se déshabiller. Il n'osait pas discuter. L'eau pour le thé avait bouilli.

Kolka sonna à la porte d'entrée. Veselovski bondit hors de la pièce.

— Assieds-toi, Kolka. Voici Liousénka, faites connaissance. Je t'expliquerai plus tard qui elle est. On va d'abord manger du saucisson. Tiens, voilà du thé, du beurre. Enlève ton manteau. Le poêle chauffe.

Et ce passé qui était en visite chez Veselovski lui parut incroyablement agréable, intime, il serait resté assis comme cela jusqu'à la fin des temps : la petite fille, bien coiffée, polie, qu'il n'avait pas eu à élever, qui avait une gouvernante et qui prenait des cours de piano ; quant au petit garçon, il était en guenilles et affamé, mais joyeux et émancipé au-delà de son âge et avec lui aussi, il avait, à vrai dire, très peu de choses en commun.

Kolka réclamait de la moutarde, tandis que Liousénka buvait son thé à la petite cuiller, trempant à peine ses lèvres.

Il ne cessait de leur parler, leur racontant toutes les nouvelles de Billancourt qu'il avait entendues et que Kolka connaissait déjà et qui n'intéressaient absolument pas Liousénka. D'ailleurs, elle s'en est allée très vite, ayant de ses petites mains blanches enveloppé les pantalons de Vsevolod Petrovitch dans le même papier brun. Elle demeurait inflexible, bien que Veselovski ne cessât de lui dire, en tournant autour d'elle, qu'il allait chercher un centimètre chez ses propriétaires et qu'il lui prouverait, prouverait... Mais elle se doutait, on ne sait pourquoi, qu'il n'irait pas chez ses propriétaires. Elle souriait, puis hochant la tête, elle mit le paquet sous son bras.

— C'est bien ce que je pensais, dit-elle dans l'entrée, il est plus fort et plus grand que toi.

Kolka ricana, prit un morceau de saucisson et le renifla.

— C'est elle qui te l'apporte ? dit-il en jetant un regard insolent vers la porte. Elle te fait aussi cadeau des billets de dix francs ?

Il était visible qu'il n'était pas à son aise, ce jour-là. L'idée lui vint qu'il serait mieux chez lui, avec l'odeur de graillon, des perpétuelles lessives, et à entendre les pleurs de ses petites sœurs et les récriminations de sa mère.

— Millionnaire ! dit Kolka qui commença à enfiler son pardessus. On se demande où les gens trouvent des bienfaiteurs... (cette phrase, il l'entendait telle quelle tous les jours à la maison). Et voyant que Veselovski s'était tourné vers la fenêtre, les épaules et la tête basses, il fourra un morceau de saucisson dans sa poche trouée et sortit en faisant sonner ses semelles à clous et en claquant la porte.

C'est ainsi que personne ne vient plus rendre visite à Veselovski le dimanche. Kolka joue au ballon dans la rue avec d'autres gamins. Les gens ont déjà porté plainte à leur sujet. Quant à Liousénka, elle a compris que Veselovski n'irait pas voir le juge, car il n'a pas d'argent pour payer un avocat. Elle va maintenant patiner au lieu de rendre visite à son père. Kolka, lui, fait mine de ne pas le reconnaître lorsqu'il le voit passer dans la rue, car désormais Veselovski livre des produits laitiers chez les particuliers.

Grâce aux efforts de nos comités, il porte, maintenant, une paire de pantalons presque neuve.

*1933*

# LE VIOLON DE BILLANCOURT

Il n'a pas changé !

Pourtant, il lui a bien fallu subir quelques transformations. C'est arrivé parce qu'il ne possède ni monuments, ni fontaines, ni clochers, ni aucun de ces frontons qui forment l'essence de toute ville, de ces monuments construits pour l'éternité. Au lieu de tout cela, il y a l'épicerie, un cabaret polonais (installé dans une ancienne église), une halte de nuit, un coiffeur et le portail de l'usine au travers duquel on abaisse, aux heures ouvrables, une barrière munie d'une lanterne rouge, qui rappelle de lointains voyages. Une ville où il est bien difficile de survivre.

C'est vrai, il existe encore quatre cheminées d'usine qui soutiennent notre ciel de Billancourt, comme quelqu'un l'a dit autrefois. Ces cheminées, pour ainsi dire, ce sont nos colonnes comme dans n'importe quelle autre ville. Mais peuvent-elles sauver la mise et la protéger du mauvais temps et de la fuite des ans ? Non, elles ne règlent rien.

Il y a du brouillard et il fait sombre, l'automne règne ici en permanence, quand ce n'est pas le gel. Le temps passe et tout change. Trois années se sont écoulées et c'est pour l'épicerie de Kozlobabine, pour le salon de coiffure de Boris Gavrilovitch, pour les habitants de l'hôtel *Caprice*, pour les clients du cabaret (dont le propriétaire a beaucoup grossi), la même chose que trois mille ans pour une quelconque cariatide. Trois années se sont écoulées... Il fut un temps où un accordéon jouait dans la rue Traversière, où Chourotchka y claquait des talons, et où la voix égrillarde d'un ivrogne retentissait sur la place Nationale, tandis qu'à midi, une foule compacte s'éloignait des fours Martin et des courroies de transmission grinçantes, fuyant cet horrible enfer pour casser la croûte, pour tromper sa faim. Telle était notre vie. Billancourt ne croyait pas aux larmes. Par une honnête existence, par notre place en ce monde, nous contribuions avec notre travail, nos forces, notre sueur malodorante, notre labeur parfumé d'ail et d'alcool, à l'équilibre mondial. Telle était notre vie. Mais quelque chose a bougé depuis ce temps-là, comme si l'équilibre mondial avait tressailli, cela ne faisait aucun doute, surtout si on tenait compte du fait que Micha Sergueïevitch avançait dans la rue d'un pas hésitant, son violon à la main.

Quelque chose avait donc tressailli. Et celui qui ne comptait que sur les autres hommes, celui-là en avait pâti, tandis que celui qui comptait sur la miséricorde de Dieu, celui-là s'en tirait, comme toujours. Par contre, un troisième, qui n'avait de l'espoir qu'en lui-même, sur ses quatre membres et sa tête, celui-là avait, peut-être, amélioré son sort. De toute façon Micha Sergueïevitch avançait dans la rue, son violon à la main.

La situation de ceux qui avaient compté sur les autres avait empiré et ils avaient dû, ayant perdu leur emploi, se ruer sur Paris ou, au contraire, rester cois chez eux, n'ayant soudain plus besoin de se rendre chez Gourevitch, le spécialiste des maladies vénériennes, ni chez Saussey, le dentiste, ni encore de solliciter des affaires auprès de Gnoutikov. Ils ne traversaient plus la rue, chaussés de charentaises, que pour acheter du tabac, qu'il pleuve ou qu'il vente.

Un beau jour, par une pluie battante, le salon de Boris Gavrilovitch fut fermé et très vite après, des articles de bonneterie apparurent dans la vitrine : des caleçons chauds, des maillots de corps et des tabliers. A la place du restaurant d'Andoulaïev où des rôtis parsemés de persil, qui n'étaient plus de première fraîcheur, étaient toujours exposés dans la vitrine, une cordonnerie s'était installée, étalant les souliers, les semelles dressées vers le plafond. Là où il y avait, auparavant, un tabac, il y a maintenant une blanchisserie. A la place du terrain vague, non loin du *Clair de Lune* dont le patron, soit dit en passant, avait fait une faillite fracassante, à la place donc de ce terrain vague où on avait trouvé, un jour, un cadavre, s'élevait maintenant un immeuble de rapport, vide et plein de courants d'air. Il n'était plus question de rapport.

Oui, il lui a bien fallu changer quelque peu. Qu'a-t-il de plus que vous et moi ? Notre journal l'explique par la crise mondiale. Où a-t-elle eu lieu ? Où a-t-elle débuté véritablement ? On l'ignore. Peut-être en Amérique ? Mais ce n'est qu'une supposition. Pourtant, certaines choses ne changent pas. Par exemple, notre lune incassable, ou encore la tête en bois du grotesque mannequin de foire dans lequel on tape pour vérifier sa force. Mais notre trou chéri, peut-il véritablement changer ? Et patati et patata, ce sera bientôt la fin de Billancourt.

Billancourt n'est pas près de disparaître et ne cessera jamais d'exister.

Micha Sergueïevitch était un homme de petite taille, c'est bien pourquoi Sonia avait hésité tant d'années. "Mon Dieu, pensait-elle souvent, pourquoi est-il si petit ? Il se pourrait qu'un jour je rencontre quelqu'un de sympathique, mais qui sera plus grand. Mais lui, il m'arrive tout juste à l'épaule." Elle vivait à Paris et se faisait un million d'illusions, tandis que lui vivait à Billancourt où il se tourmentait à n'en plus finir. Ils ne s'étaient pas vus pendant près de huit mois lorsque, soudain, elle vint lui rendre visite.

Quand il rentra chez lui, son violon à la main, on lui annonça en bas qu'une dame l'attendait dans sa chambre. Ne recevant jamais de visites féminines, il prit peur : serait-ce sa femme qui était arrivée, sa femme qu'il n'avait pas vue depuis vingt ans, depuis qu'ils s'étaient quittés en Afrique ? Or, il se trouvait que c'était Sonia qui l'attendait, amaigrie, pâle, vêtue d'une robe habillée, mais déchirée. Elle était assise sur son lit-divan.

— Quelle histoire ! s'écria Micha Sergueïevitch, ne sachant que dire d'autre, tellement il était heureux.

— L'histoire est devant nous, dit Sonia très émue. L'histoire, je vais vous la raconter tout de suite.

Il prit un siège après avoir posé deux verres et une bouteille de vin rouge sur la table.

— Allô, allô, dit-il, je vous écoute.

— Ici Paris, répondit-elle, chassant les larmes de ses cils et s'efforçant d'assurer sa voix. Je suis au chômage depuis cet été.

C'était une histoire courte, drôle, mais avec une conclusion triste. De vendeuse, Sonia était passée femme de chambre, une première femme de chambre, bien entendu (sa patronne avait été russe dans le temps), Sonia servait à table, nettoyait l'argenterie et de temps en temps lavait les bas de soie de madame. Puis, monsieur avait perdu tout son argent au jeu et leur maison avait été saisie. En guise d'indemnité de licenciement, Sonia avait reçu un petit tapis et le rideau de tulle de la fenêtre de la salle à manger. Cela, c'était en septembre et maintenant nous étions en décembre.

Elle ne voulut plus rien dire. Surtout au sujet de ces trois derniers mois. Elle lui demanda :

— Vous ne rentrez plus à la maison pour déjeuner maintenant ?

— J'ai changé de profession, répondit-il. C'est pendant l'heure du déjeuner que je travaille le plus.

Elle le fixa longuement, puis son regard se posa sur le violon qui avait été repeint d'une couleur trop vive.

— Vous jouez dans les cours des immeubles ? demanda-t-elle.

— Oui, c'est bien cela.

Elle tira alors un mouchoir et se mit à pleurer.

Elle pleura longtemps, et lui n'essayait même pas de la consoler, ne lui disait rien de réjouissant, ne tentait pas de lui jouer un fox-trot entraînant ou la marche *Je languis de ma patrie*, il ne lui proposa même pas de boire un verre. Il était assis en silence et contemplait les longues jambes de Sonia, ses mains qui recouvraient son visage, son baluchon, qui semblait plus grand que nature maintenant que le jour baissait. Lorsqu'elle cessa de pleurer, il s'approcha de la fenêtre. Une place déserte, une barrière, une boulangerie à l'angle de la rue, il vit tout cela.

— Comme vos petites mains ont maigri, dit-il soudain. Et aussi vos petits pieds.

Si une tierce personne avait entendu ces paroles, elle aurait pensé qu'elles étaient inutiles, en particulier au sujet des pieds. Mais ils étaient tous les deux seuls. Il ajouta alors :

— Tout cela est temporaire. Ça va changer. On trouvera quelque chose. En attendant, je vais descendre acheter quelque chose pour le thé.

Dehors il faisait véritablement nuit, comme cela arrivait de jour en décembre. A gauche, le fleuve se refroidissait avec ses berges qui n'intéressaient personne. Sur la place, un éternel clochard se tenait auprès de la charcuterie éclairée et fixait les saucisses. La devanture de la pâtisserie exhibait, à l'occasion de la nouvelle année, parmi les guirlandes or et argent, une étoile en étain. Un grand gaillard se tenait sous le réverbère et proposait aux passants des roses d'une fraîcheur plus que douteuse que le gel matinal semblait avoir pétrifiées. On se les arrachait à l'occasion des fêtes que symbolisaient l'étoile d'étain et les bouteilles de mousseux bon marché.

La chambre était plongée dans l'obscurité, Micha Sergueïevitch eut l'impression que Sonia ne s'y trouvait plus. Il alluma et l'aperçut, toujours assise à la même place. Il comprit qu'il ne s'était échappé que pour lui laisser la possibilité de s'en aller sans autre explication, au cas où quelque chose ne lui aurait pas convenu. Mais elle n'était pas partie et son baluchon était toujours là. Il s'affaira autour de la théière et du réchaud, installant gracieusement le fromage, le jambon et le pain, à même leur papier d'emballage. Sonia mangeait. Il s'assit en face d'elle, il était tellement heureux qu'il voulut lui faire part d'une de ses théories, mais il ne sut par quoi commencer.

— Il y a longtemps que vous jouez dans les rues ?

— Depuis six mois environ.

— Que jouez-vous ?

— Un répertoire classique. Des marches militaires. Quelquefois des pièces légères. Il y a un Tzigane dans le quartier, il chante des romances, mais nous ne nous gênons pas.

— Vous avez toujours su jouer du violon ?

— Oh oui ! Il voulut lui raconter comment à Pétersbourg, alors qu'il était étudiant en neuropsychologie, il avait fait partie d'un orchestre à l'université, mais il décida de lui en parler un autre jour.

Il la regardait longuement, ne sachant pas s'il pouvait lui prendre la main ou non.

— Ma théorie est la suivante, dit-il enfin, en posant sa main sur la sienne – mon Dieu comme ses doigts sont maigres ! Sonia avait tressailli, mais elle ne bougea pas. Ma théorie est celle-ci : nous ne reviendrons plus sur cette terre… Oh mon Dieu ! ne pleurez pas, je vous parle de quelque chose de joyeux ! Donc nous ne reviendrons plus sur cette terre, pourtant nous ne connaissons pas d'autre vie, et n'en connaîtrons, sans doute, pas d'autre. Il faut donc s'en arranger.

Deux larmes glissèrent des yeux de Sonia sur le jambon.

— Réfléchissez à ce que je vous dis, c'est très important. Elle opina de la tête. Vous pourriez vous reposer un peu… après tout, on en reparlera.

Elle le regardait en silence d'un air pensif. Il se rapprocha d'elle.

— Je pourrais changer mon répertoire.

Elle se taisait toujours.

— Je pourrais me limiter aux romances, si vous acceptiez de chanter. Ce n'est pas du tout effrayant. Et puis, vous savez, ce n'est que temporaire.

Elle fit un signe de tête et sourit.

— Je viens de voir, en revenant de la place, un couple qui poussait une charrette remplie de pacotille ; ils la vendent, le soir, à la sortie de l'usine. Ils avaient l'air de s'entendre si bien, leurs mains s'agrippaient avec une telle coordination.

— On ne nous permettra pas.

— Alors, nous inventerons quelque chose d'autre.

Elle le regardait attentivement et il sentit qu'il y avait de la tendresse dans son regard, que pour la première fois de sa vie elle le regardait avec douceur.

— On n'aura pas froid ? demanda-t-elle tout bas.

— Quelquefois, il fait froid, mais à deux on a plus chaud.

Elle réfléchit assez longuement, puis elle sourit.

— Ce que j'ai pu tirer le diable par la queue ces dernières semaines ! Je n'exagère pas, je vous assure.

— Vous me raconterez tout ça.

— Peut-être.

Il comprit alors qu'elle resterait avec lui et que leur nouvelle vie venait de commencer.

Les réverbères étaient déjà allumés devant la barrière de l'usine et sa lanterne rouge. Lorsqu'elle se releva enfin, un flot humain se déversa dans la rue. Le gramophone se mit à jouer dans le café où se réunissaient les nains de foire et la femme à barbe pour boire quelque chose de chaud au comptoir, car à neuf heures et demie du soir, le spectacle devait commencer.

Une corde avait été tirée en travers de la place pour séparer la scène du public, un tapis élimé avait été déployé sur le pavé et des haltères avaient été préparés pour l'athlète peinturluré de couleurs criardes, tandis qu'un clown promenait des chiens savants.

Le public se rassemblera, dès huit heures du soir, et profitant de ce que ce dernier se trouvera désœuvré, le copain de Micha Ser-gueïevitch sera là avec sa guitare, assis sur une caisse, il chantera de sa voix aux accents tziganes :

*J'ai une petite moustache*
*Maroussia, de petites nattes.*
*Notre vie s'écoulera, inutile :*
*Tout le long d'une ligne droite.*
*J'ai une petite moustache,*
*Et elle, des cheveux légers.*
*Notre vie sera inutile :*
*Les petites roues tinteront...*

Et les pièces de monnaie tomberont en pluie dans son chapeau.

*1934*

# POSTFACE

Ecrits entre 1928 et 1940, ces récits ont été publiés dans *les Dernières Nouvelles*, un quotidien libéral et démocratique de l'émigration russe en France, dirigé par P. N. Milioukov. Le premier numéro de ce journal avait vu le jour en 1920, il a cessé d'exister le 13 juin 1940, veille de l'entrée de l'armée allemande dans Paris. Trois jours plus tard, les locaux de la rédaction étaient mis à sac.

J'ai commencé à écrire de la prose en 1925. Pendant deux années, j'ai cherché une toile de fond sur laquelle allaient se projeter mes héros. Je n'avais pas eu le temps de bien connaître la Russie. Ecrire à son propos, même si je l'avais mieux connue, ne m'intéressait pas. Il y avait suffisamment d'"anciens" écrivains émigrés à Paris pour intéresser par leurs souvenirs de la Russie tsariste tout un public qui vivait encore dans le passé.

Décrire la France et des personnages français comme le faisaient certains de mes contemporains, prosateurs débutants, ne m'était pas venu à l'esprit. Je ne me suis identifiée ni alors ni plus tard avec le pays et sa langue. J'aurais, sans doute, pu parler de moi-même, comme le faisaient, à l'exemple de Proust, nombre de jeunes auteurs d'Occident à cette époque-là, mais je ne savais, alors, ni parler de moi-même ni écrire sur ce sujet. Il m'était donc indispensable de trouver, fût-ce dans une moindre mesure, un vécu, un environnement, des personnages qui, sinon d'une manière permanente, du moins pour un certain temps, se seraient installés en un seul et même lieu et qui y auraient créé un semblant de vie, et cela indépendamment du fait qu'un tel environnement ou que de tels personnages pouvaient me plaire ou non.

Au sud-ouest de Paris, il existait une banlieue qui avait pour nom Billancourt et qui s'est peu à peu fondue dans la capitale. Entre la Seine et le bois de Boulogne, Billancourt abritait des usines, des aciéries, des fabriques d'automobiles et d'autres entreprises, toutes liées avec la puissante industrie lourde française. L'usine des automobiles Renault s'était surtout développée après la guerre de 1914-1918 et comme la main-d'œuvre manquait cruellement (la France avait perdu près de trois millions d'hommes au cours de la Première Guerre mondiale), M. Renault s'était mis à chercher des ouvriers. Il lui fallait des hommes, des hommes jeunes et en bonne santé, des hommes susceptibles de venir s'installer à Billancourt d'une façon permanente, des hommes capables de se former, de fonder une famille et des hommes capables aussi de s'assimiler à la population locale.

Or, il s'est trouvé que de tels hommes existaient : des "Russes blancs", anciens militaires des armées de Dénikine, de Wrangel, des Gardes blancs. "La racaille de la Garde blanche", comme on les appelait en Russie soviétique à cette époque-là. Ces hommes avaient été évacués après la défaite des Blancs au cours de la guerre civile dans le sud de la Russie.

Ils attendaient sur l'île des Princes (Dardanelles), à Bizerte, en Bulgarie, en Serbie et dans quelques autres pays que leur sort fût réglé. L'Armée blanche avait drainé dans son sillage des milliers de civils qui, d'une manière individuelle, cherchaient un lieu où se caser dans une Europe en ruine et loin d'être de tout repos.

Renault entreprit donc de faire venir sous contrat d'anciens officiers, des soldats et des cosaques de l'armée des Volontaires. L'exemple de Renault fut suivi par d'autres employeurs et même par le gouvernement français, préoccupé par les problèmes agricoles et le manque de bras dans les campagnes françaises.

*

Venue vivre à Paris en 1925 d'une façon permanente*, j'avais presque tout de suite commencé à travailler dans le journal de Milioukov (Milioukov n'avait pas de liens avec les armées de Dénikine ou de Wrangel), mais ce n'est qu'en 1927 que j'appris que je pouvais voir les "foules russes", le dimanche à l'église russe. J'y suis donc allée et y ai vu un grand nombre de gens. L'église était bondée, on se bousculait au-dehors dans le jardin. Il y avait une majorité d'hommes et dix fois moins de femmes, quelques très petits enfants et une absence totale d'enfants d'âge scolaire ou d'adolescents.

* Vladislav Khodassevitch, poète et critique, et moi-même, nous avions quitté la Russie soviétique au printemps 1922 (l'URSS n'existait pas encore), mais nous avions vécu par intervalles pendant trois ans chez M. Gorki à Saarow, Marienbad et Sorrente. *(N.d.A.)*

J'ai appris aussi qu'il y avait des églises russes dans les banlieues autour de Paris. On commençait à les surnommer "quarante fois quarante*". Je sus également qu'il y avait non seulement des églises russes mais des épiceries, des jardins d'enfants, des écoles où l'on enseignait le catéchisme, des fêtes célébrées selon le calendrier ancien (julien), des comités constitués pour venir en aide aux vieillards et aux invalides de la Première Guerre mondiale. Et à Billancourt, dix mille Russes construisaient les automobiles Renault. Je tenais là le terreau qu'inconsciemment je recherchais.

Quand mes premiers récits intitulés *Chroniques de Billancourt* commencèrent à paraître, les garçons coiffeurs russes n'acceptèrent plus mes pourboires, le cordonnier voulut ressemeler mes souliers gratuitement, le propriétaire de l'épicerie m'offrit des bonbons et les enfants du quartier se mirent à me reconnaître et à pointer le doigt sur moi.

J'ignore si mes lecteurs avaient véritablement saisi toute l'ironie contenue dans mes récits et s'ils avaient compris qu'entre moi et mes "héros", il y avait un profond fossé : le mode de vie, l'origine, l'éducation, le libre choix d'une profession, sans parler des opinions politiques.

Quarante ans ont passé depuis que ces récits ont été écrits, et plus de trente ans depuis que je les ai relus pour la dernière fois**. Il me semble aujourd'hui que leur signification sociohistorique dépasse leur valeur artistique. Le "petit peuple" d'émigrés russes en France n'a fait l'objet d'aucune étude particulière et si

* Total des églises à Moscou avant la révolution. *(N.d.T.)*
** Cette postface date de 1967. *(N.d.E.)*

peu de choses furent écrites* sur cette "classe laborieuse", ce nouveau "prolétariat", sur ces gens qui ne parlaient pas le français, qui avaient été arrachés à leur pays d'origine sans espoir d'y revenir, qui étaient séparés de leurs proches. Aujourd'hui, personne ne sait plus rien d'eux, personne ne se souvient d'eux.

Comme je l'écris dans mon autobiographie : "La sirène de l'usine hurlait. Vingt-cinq mille ouvriers se déversaient sur la place à travers le large portail en fer. Un ouvrier sur quatre était un ancien gradé de l'Armée blanche. Ils se tenaient droits comme des militaires et leurs mains étaient abîmées par le travail... C'étaient de paisibles pères de famille, d'honnêtes contribuables. Ils lisaient les quotidiens russes, étaient membres d'innombrables clubs d'anciens combattants et conservaient précieusement au fond de leurs vieilles malles russes les décorations, les insignes de régiment, la croix de Saint-Georges, les médailles, les épaulettes, les dagues, des photographies fanées. On savait qu'ils n'étaient pas des instigateurs de grèves et qu'ils s'adressaient rarement au fonds d'aide médicale de l'usine. Ils jouissaient d'une santé de fer acquise sans doute au cours de la Grande Guerre et de la

* D. Meisner, *Mirajy i dejstvitel'nost'* ("Mirages et réalité"), Moscou, 1966.
L. Lioubimov, *Na tchoujdine* ("A l'étranger"), Moscou, 1963-1964.
Ces deux auteurs sont des émigrés russes. Meisner a vécu à Prague et non à Paris entre les deux guerres. Lioubimov décrit sa vie avant la révolution russe puis aborde la description d'hommes politiques, écrivains, promoteurs sociaux russes en France et ne consacre que quelques lignes au "petit peuple" des émigrés. *(N.d.A.)*

guerre civile, et ils étaient particulièrement soumis à la loi et à la police. La criminalité était pour ainsi dire inexistante et les rixes rares. Un crime passionnel avait lieu une fois tous les dix ans et, d'après les statistiques, on n'avait jamais trouvé de cas de faux-monnayeur ni mentionné un détournement de mineure*."

L'aspect historico-sociologique de ces récits n'exige pas d'autres commentaires, par contre leur aspect littéraire nécessite quelques éclaircissements : l'ironie de l'auteur devait apparaître dans le style de la prose, c'est pourquoi entre moi et mes personnages, le narrateur a fait son apparition. Les premiers récits des *Chroniques de Billancourt* ne peuvent pas ne pas évoquer Zochtchenko aux lecteurs (et dans une moindre mesure Babel et Gogol), et cela non seulement parce que j'étais jeune et inexpérimentée, et qu'il fut alors, en quelque sorte, mon maître, mais surtout parce que mes héros étaient des provinciaux, des semi-intellectuels de la génération des années dix et vingt et qu'ils parlaient la langue de Zochtchenko dont les œuvres paraissaient chaque semaine dans la presse russe émigrée pour leur plus grand plaisir.

Il me faut préciser que la "langue des héros de Zochtchenko" relevait de la même classe sociale, de la même origine géographique et était le produit du même niveau d'instruction et du même vécu que celle de mes héros. Par contre, la langue des émigrés possédait une particularité que celle de Zochtchenko n'avait pas car elle intégrait des mots de la langue française en les russifiant et en la rendant plus haute en couleur. La langue parlée par les

* *C'est moi qui souligne*, Actes Sud, 1989. *(N.d.E.)*

personnages des *Chroniques de Billancourt* était moins unifiée et si on l'étudiait de plus près, elle possédait les caractéristiques suivantes :

1. Un discours démodé, vieilli, celui de l'époque de Tchekhov et même de l'époque précédente avec la fréquente utilisation du prénom suivi du patronyme, même lorsque les gens se tutoyaient entre eux. Le discours adressé à la femme, en général, comportait une notion de respect dû à un être précieux, rare, parfait et délicat, un discours mi-enfantin, mi-adulte. On y trouvait des expressions comme “avec toute ma reconnaissance” et même “merci” en français mais prononcé avec un fort accent russe. Cette langue comportait nombre de termes sur le mode diminutif, d'expressions idiomatiques, de provincialismes. Ce n'était pas la langue de Bounine, de Rachmaninov, de Diaghilev ni de Remizov. C'était le parler des gens de la Russie du Sud, de ceux qui n'avaient suivi que quatre classes au gymnase (équivalent du lycée français) ou encore avaient eu une formation accélérée dans les écoles militaires.

2. Il y avait aussi des termes récupérés dans la presse soviétique ou auprès des visiteurs occasionnels venus de Russie soviétique, mots nés des perturbations de la révolution ou du progrès technologique.

3. Des mots signifiant des choses nouvelles qui avaient été inventés à la va-vite dans les rédactions de la presse émigrée à Paris et traduits du français.

4. Enfin les termes du quotidien français utilisés tels quels, comme par exemple *bistrot* ou *complié vestone* (complet-veston prononcé à la russe) et des dizaines d'autres. Je n'ai pas

abusé de ces termes, ils se retrouvent çà et là dans mes récits mais je ne les ai jamais cultivés sciemment.

La critique et mes amis écrivains m'ont souvent répété que j'allais peu à peu m'éloigner de ce parler (en partie emprunté) et que le plus vite serait le mieux. Ils ont eu raison, car dès 1931, m'étant détachée du narrateur, j'ai commencé à écrire, parallèlement aux *Chroniques de Billancourt*, des récits d'une manière autonome, et en 1934, j'ai définitivement abandonné ma première manière – ce qui a mis fin aux *Chroniques de Billancourt*. Car sans ce parler spécifique, elles n'auraient pu exister.

Une autre période commençait pour moi, sans doute moins intéressante d'un point de vue sociologique, mais d'une maturité littéraire plus grande et qui m'a amenée vers mes "petits romans" des années quarante et cinquante dans lesquels j'étais entièrement responsable de l'ironie comme du point de vue de l'auteur-narrateur. Dans ces romans, mes héros n'étaient pas des gens que j'observais avec attention mais des intellectuels déclassés parmi lesquels je vivais et avec lesquels je m'identifiais.

Aujourd'hui, les uns et les autres ont disparu. L'âge moyen des émigrés russes avoisinait trente et quarante ans dans les années vingt et trente. Leurs tombes peuvent être visitées au cimetière russe de Sainte-Geneviève-des-Bois, dans le département de l'Essonne, près de Paris, où dans "l'ancienne partie" reposent les disparus des années quarante et cinquante. "La nouvelle partie" est un vaste espace où sont enterrés ceux qui sont morts dans les années soixante et soixante-dix. Ceux qui sont encore en vie et qui résident dans les maisons de retraite russes (dites “maisons des vieux”) ont perdu la mémoire ou sont incapables de raconter quoi que ce soit. Les sous-lieutenants et les enseignes de vaisseau de deuxième classe des régiments tsaristes sont âgés de quatre-vingts ans et plus. Les jours de fête, à la cathédrale russe de la rue Daru, on n’y rencontre plus qu’une trentaine de personnes de cette génération. Ceci est encore du domaine de l’histoire et de la sociologie dont j’ai peut-être, pour les générations futures, réussi à conserver la mémoire dans ses aspects tragi-comiques, absurdes et amers.

N. B.

TABLE

Argentine ..... 7
Photogénique ..... 25
Une histoire de musique ..... 41
Ici on pleure ..... 59
Une affaire… en cuivre ..... 77
Romance tzigane ..... 97
La Petite Etrangère ..... 113
Verstes et traverses ..... 131
Le Manuscrit de Billancourt ..... 149
L'Anneau d'amour ..... 167
Le Fantôme de Billancourt ..... 185
Kolka et Liousénka ..... 203
Le Violon de Billancourt. ..... 221

*Postface* ..... 233

EXTRAIT DU CATALOGUE ROMANESQUE ÉTRANGER

*Textes russes*

Nina Berberova
L'ACCOMPAGNATRICE
LE LAQUAIS ET LA PUTAIN
ASTACHEV A PARIS
LA RÉSURRECTION DE MOZART
LE ROSEAU RÉVOLTÉ
LE MAL NOIR
DE CAPE ET DE LARMES
DISPARITION DE LA BIBLIOTHÈQUE TOURGUENIEV
ROQUENVAL
A LA MÉMOIRE DE SCHLIEMANN

Ivan Chmeliov
GARÇON !

Edouard Choulman
HISTOIRES INDÉCENTES DU PEUPLE RUSSE

Vsevolod Garchine
LA FLEUR ROUGE

Iossif Guerassimov
ON FRAPPE A LA PORTE

Anatoli Gygouline
LES PIERRES NOIRES

Vladimir Makanine
LE PRÉCURSEUR

Youri Miloslavski
ROMANCES DE VILLE

Viatcheslav Pietsoukh
LA NOUVELLE PHILOSOPHIE MOSCOVITE
CHRONIQUE PRIVÉE

Victoria Tokareva
RIEN DE SPÉCIAL

Tatiana Tolstoï
SOMNAMBULE DANS LE BROUILLARD
JE SUIS NÉE A LENINGRAD

Konstantin Vaguinov
LE CHANT DU BOUC

Julia Voznesenskaya
LE DÉCAMÉRON DES FEMMES

*Textes scandinaves*

Johan Borgen
LILLELORD

Per Olov Enquist
L'EXTRADITION DES BALTES
L'ANGE DÉCHU
LE SECOND
LA BIBLIOTHÈQUE DU CAPITAINE NEMO

Per Gunnar Evander
LES INTRUS

Espen Haavardsholm
LE ROMANTISME EST MORT, ANNA !

Knut Hamsun
FRAGMENTS DE VIE

Thorkild Hansen
LA CÔTE DES ESCLAVES
LA MORT EN ARABIE
JENS MUNK

William Heinesen
LES MUSICIENS PERDUS

Jørgen-Frantz Jacobsen
BARBARA

Tove Jansson
L'HONNÊTE TRICHEUSE

Johannes V. Jensen
LA CHUTE DU ROI

Reidar Jönsson
MA VIE DE CHIEN
LA TOMBE D'UN CHIEN

Selma Lagerlöf
LE MERVEILLEUX VOYAGE DE NILS HOLGERSSON
A TRAVERS LA SUÈDE

Halldór Laxness
ÚA OU CHRÉTIENS DU GLACIER

Torgny Lindgren
LE CHEMIN DU SERPENT
BETHSABÉE
LA BEAUTÉ DE MÉRAB et autres récits
LES TRENTE-DEUX VOIX DE DIEU et autres récits
LA LUMIÈRE
PAULA ou L'ÉLOGE DE LA VÉRITÉ

Ivar Lo-Johansson
LA TOMBE DU BŒUF et autres récits
HISTOIRE D'UN CHEVAL et autres récits

Veijo Meri
L'ÉTÉ DU DÉSERTEUR

Ib Michael
LE TROUBADOUR ET LA FILLE DU VENT

Jan Myrdal
ENFANCE EN SUÈDE
UN AUTRE MONDE

Aksel Sandemose
LE MARCHAND DE GOUDRON

Peter Seeberg
MINIMUM VITAL

August Strindberg
DRAPEAUX NOIRS
MARIÉS !
LE COURONNEMENT DE L'ÉDIFICE

Göran Tunström
L'ORATORIO DE NOËL
LE VOLEUR DE BIBLE
LA PAROLE DU DÉSERT
PARTIR EN HIVER

Antti Tuuri
UN JOUR EN OSTROBOTNIE

Thor Vilhjálmsson
LA MOUSSE GRISE BRÛLE

Mika Waltari
MADEMOISELLE VAN BROOKLYN
Herbjørg Wassmo
LA VÉRANDA AVEUGLE

Carl-Henning Wijkmark
LA DRAISINE
1962

Øystein Wingaard Wolf
LA MORT DE DODI ASHER

## *Textes allemands*

Jean Améry
CHARLES BOVARY, MÉDECIN DE CAMPAGNE

Alfred Andersch
LA FEMME AUX CHEVEUX ROUX
LES CERISES DE LA LIBERTÉ
EFRAÏM

Ingeborg Bachmann
FRANZA
REQUIEM POUR FANNY GOLDMANN

Lothar Baier
LE DÉLAI

Horst Bienek
LA TÉTRALOGIE DE GLEIWITZ
Tome I : PREMIÈRE POLKA
Tome II : LUMIÈRE DE SEPTEMBRE
Tome III : LES CLOCHES MUETTES
Tome IV : TERRE ET FEU

György Dalos
LA CIRCONCISION

Alfred Döblin
L'EMPOISONNEMENT

Theodor Fontane
SCHACH VON WUTHENOW

Marlen Haushofer
LE MUR INVISIBLE
LA PORTE DÉROBÉE
NOUS AVONS TUÉ STELLA
DANS LA MANSARDE
SOUS UN CIEL INFINI
LA CINQUIÈME ANNÉE

Uwe Johnson
L'ACCIDENTÉ

Marie-Luise Kaschnitz
L'OISEAU ROC et autres nouvelles
CHRISTINE et autres nouvelles

Eduard von Keyserling
ÉTÉ BRÛLANT
VERSANT SUD
LE MURMURE DES VAGUES
BEATE ET MAREILE
ALTESSES
SON EXPÉRIENCE DE L'AMOUR suivi de CŒURS BIGARRÉS

Friedrich Maximilian von Klinger
VIE, EXPLOITS ET DESCENTE AUX ENFERS DE FAUST

Horst Krüger
UN BON ALLEMAND

Heinrich Mann
LILIANE ET PAUL
ABDICATION et autres nouvelles

Paul Nizon
L'ANNÉE DE L'AMOUR
STOLZ
DANS LE VENTRE DE LA BALEINE
IMMERSION
DANS LA MAISON LES HISTOIRES SE DÉFONT

Hanns-Josef Ortheil
LE JEU DES TÉNÈBRES
LA HAIE

Gerlind Reinshagen
L'ÂME DU COMMERCE

Karin Reschke
LA VOCATION DU BONHEUR
L'ESPACE D'UNE NUIT
MARGARETE

Gerhard Roth
GRAND ANGLE

Franz Werfel
VERDI, LE ROMAN DE L'OPÉRA

OUVRAGE RÉALISÉ
PAR LES ATELIERS GRAPHIQUES ACTES SUD
PHOTOCOMPOSITION : SOCIÉTÉ I.L.,
A AVIGNON.
REPRODUIT ET ACHEVÉ D'IMPRIMER
EN SEPTEMBRE 1992
PAR L'IMPRIMERIE FLOCH
SUR ROTO-PAGE
A MAYENNE,
SUR PAPIER DES
PAPETERIES DE JEAND'HEURS
POUR LE COMPTE DES ÉDITIONS
ACTES SUD
LE MÉJAN
13200 ARLES

DÉPÔT LÉGAL
1re ÉDITION : OCTOBRE 1992
N° impr. : 32974
*(Imprimé en France)*